フィフティ
fifty

フィフティ

水壬楓子《みなみふうこ》

ILLUSTRATION：佐々木久美子《ささきくみこ》

フィフティ

LYNX ROMANCE

CONTENTS

フィフティ

この朝、人材派遣会社「エスコート」のオーナー、榎本和佐《えのもとかずさ》は微妙に不機嫌だった。

午前も少し遅めの十時前。

ようやく目を覚まして、のろのろと二度寝の布団から起き出してみると、一緒に寝ていたはずの男の姿はすでにない。……まあ、彼が起き出した時に榎本も一度目を覚ましていたので、それはわかっていたことだったが。

ゆうべ、ひさしぶりに会った男はさんざん榎本の身体《からだ》を楽しんだあげく、今朝はさっさと一人で布団を抜け出して趣味のゴルフへと出かけていたのだ。

門真巽《かどまたつみ》――書類上は赤の他人とはいえ、実際には実の叔父になる男とは、なんだかんだ言って、十七年も顔をつきあわせていた。月にたった一度のこととはいえ。今さら榎本の寝顔に目新しさなど感じないのかもしれないが。

しかも、出会った頃《ころ》の十代の初々しい寝顔ならまだしも、榎本もすでに三十の坂を越えている。すでにカワイイ、などと言える年ではないのだろう。

それにしても、ひとまわり以上も年下の恋人なのだ。少しくらいは気を遣ってくれてもよさそうなものだ…、と榎本は内心でぶつぶつ不平をたらしてみる。

会ったのだって、本当にひさしぶり……実に四十二日ぶりだった。

はっきり言って、「契約違反」である。

十七年前、初めて会った時、巽とその契約を交わした。

ひと月に一度、五日の日に会う――、という。

門真の家は代々政治家の家系であり、その当時、巽の兄である門真英一朗《えいいちろう》は国務大臣を務めていた。

榎本の、父親だという男。

それまで榎本は父の名を知らなかった。この時初めて、巽に教えられたのだ。

銀座でホステスをしていた母との間にできたのだが、母は決して父の名を口にしなかったから。

榎本としても、初めからいないものだと思っていた。

が、そんな榎本の前にいきなり巽が現れたのだ。

十七年前の九月五日。

ちょうど榎本の十五歳の誕生日だった。……もっともそれは狙《ねら》ってきたわけではなく、単に偶然だったようだが。

生涯、父親のことなど知らず、関係なく生きるつもりだった。

が、どうやら榎本の父親と本妻の間では子供に恵まれなかったらしい。そして、代々続く政治家の家系としては、どうしても跡取りが必要になる。いわゆる3バン――地盤、看板、カバンを引き継ぐ人間が。

英一朗には弟が二人いるのだが、次男は家業を嫌い、早くから家を飛び出して世界中をうろうろしているらしい。そして巽にしても、政治とは無縁に生きるつもりで、当時は大学の講師をしていた。

その時、英一朗は四十七歳で、いよいよ子供は望めない、とまわりがあきらめた時、榎本の存在がクローズアップされたわけである。

どうやら当時は門真の家や後援会の中にも派閥があり、榎本を担ぎ出そうという勢力と、巽を推そうという勢力があったようだ。

榎本にしてみれば、存在すら知らなかった父だ。顔を見たことも――テレビ以外では――ない。政治家になどなるつもりもなく、そのまま放《ほう》っておいてくれればよかった。その3バンともども、財産や家名も巽が引き継げばいい。

が、あいにくと巽の方にも、あとを継ぐつもりはなかったようだ。

どうやら巽は、そのうち門真の家から榎本を迎えに来るだろうが、自分は敵対するつもりはなく、榎本が兄のあとを継ぐのをむしろ応援するつもりだ――、ということを直接伝えに来たらしかった。まわりからつまらないことを吹き込まれる前に、だ。

だが榎本としては、血はつながっていたとしても見も知らない男からそんな面倒《めんどう》なものを引き継ぐつもりなどさらさらなく、そんな他人に自分の人生を決められたくもなかった。

そして巽にしても、家業の大変さを身近に見て知っているだけに遠慮したい、と。

おたがいに押しつけ合う形になったのだが、いささか榎本の分が悪かった。

当時、母は入院しており、未成年だった榎本を引き取るのに、門真の家としてはさして権力をひけらかす必要もない。

行き詰まった時、巽が折れてくれたのだ。

月に一日だけ、榎本が自分のモノになる——という条件で。

それが、毎月「五日」だった。そしてその契約が、この十七年、ずっと続いていたのだ。

その間、身体を壊して政界を引退した兄に代わって巽は代議士となり、今は大臣の地位を狙えるほど、党の中核にいる。

いそがしい身体だったはずだが、この十七年、一度も違《たが》えることなく、巽は毎月五日の日を榎本と過ごした。

……考えてみれば、巽の方にそこまでこだわる必要はなかっただろうに。

しかし榎本も同様だった。海外に留学中の時でも、五日の日は必ず帰国していた。

そんなふうに、おたがい意地みたいに、月に一度、必ず会っていたのだ。

だがいつの間にか、それは義務ではなく、心地よく楽しい時間になっていたのだろう。

十五の時から、巽は榎本にとって一番身近な「大人」であり、いろんなことを教えてもらったのだと思う。……カラダも含めて、だが。

大人の狡《ずる》さも、優しさも。したたかさや、我慢強さ。駆け引き。勝負時。

そして、大人への甘え方や拗《す》ね方も。

母一人子一人の家庭で、ずっと榎本のために自分の店を守って働いていた母に、榎本は幼い頃からわがままを言うことはほとんどなかった。それだけに冷めた、可愛《かわい》げのない子供だったはずだ。

母が死んだあとでは、すでに「契約」など意味をなさないものになっていたが、それでもおたがいに気づかないふりで、巽との関係はずっと続いていた。

それは決して、束縛ではない。

わかっていたから、何も言わなかった。

だがそれが変わったのは、つい三カ月ほど前のことだ。

本当に……他《ほか》の誰にも渡したくないのだと、榎本が認めた時。

――恋人、と呼べる関係になったのだと思う。

身体の関係など、もう遥《はる》か以前からあり、正直、今さら、と、あらためて考えると、ちょっと照れてしまいそうになるが。

しかも四十六歳と三十二歳という、いい大人だ。愛だ恋だと騒ぐ年ではない。

そしてそれは、「五日」にこだわる必要がなくなったということでもある。いつでも、好きな時に会えるのだから。

にしても、だ。

――四十二日……！

別に指折り数えたり、カレンダーに×印をつけていたわけではないが、しかし「恋人」になったとたんの、このほったらかしぶりは何なんだ？

と、榎本としては憮然《ぶぜん》としてしまうのである。

今までは少なくとも、月に一度は会えていた。と同時に、月に一度しか、会ってはいけなかったのだ。

恋人になったのなら、本当はもっと頻繁《ひんぱん》に会えていいはずだった。

とはいえ、榎本にしても議員先生のいそがしさはわかっている。年々、党の中でも重要な地位になり、そのいそがしさも増している。

この旅行にしても、ずいぶんと調整したんだろうな、と想像はつくので、あえてそこをつっつくことはしなかった。

なのに、そんな物わかりのいい、できた恋人をほったらかして、趣味のゴルフなのである。

そもそも恋人との旅行に、ゴルフというのが信じられない。おまけに、榎本の会社である「エスコート」のボディガード部門から、顔馴染《なじ》みの数人をちゃっかり同行させているのである。

もちろん、政治家という立場なので、ボディガードがついていても不思議はない。気心の知れた彼らとコースをまわるのなら、一石二鳥なのだろう。

だがしかし。

お泊まりデートという観点からはどうなんだ？　と、むっつり思う。

巽としては、どうやら以前に同じメンバーでこの箱根に来た時が楽しかったらしく、味を占めたらしい。要するに、仕事が絡まない、気楽なメンバーと思いきり羽を伸ばしたいのだろう。

『君はゆっくり寝てていいからね』

と、優しげな言葉を吐きつつ、うきうきと出かけていったのだ。

そりゃあ、駆け引きと陰謀が渦巻く、どろどろとした政治の世界にいるのだ。思いきりたまの気晴らしがしたい気持ちはわかるが。

せっかくひさしぶりに一緒の朝なのに。やっぱり顔を見ながら目覚めたい…、と思うのは当然だろう。

……と、そんな少女趣味な自分の思考に気がついて、榎本はため息を一つつき、ぞろりと重い身体を起こした。手探りで、枕元《まくら》のメガネを拾い上げる。

くしゃくしゃに乱れた浴衣を直しながら――いつ着たのかも覚えはなかったが――、しん…、と静まりかえったホテルの部屋で一人、窓の方へと近づいていく。

カーテン代わりの障子を開き、大きく開け放した窓際のイスに腰を下ろして、ぼんやりと外を眺めた。

ムカツクほどに天気はよく、そろそろ秋めいていた高原は風がわずかに肌寒い。

遠く見渡せるグリーン――ゴルフコースでは、豆粒のような黒い点が動いているのがちらちらと視界にかかる。もしかすると、あれが連中なのかもしれない。

榎本は思わず目をすがめた。

志岐《しき》と真城《ましろ》とユカリ。延清《のぶきよ》や律《りつ》もいるのだろうか。彼らと一緒に、巽も今頃はのびのびと好きなゴルフを楽しんでいるはずだった。以前に来た時と同じメンバーだ。

いそがしい中、たまの休日というか、なんとかもぎとった休みなのだろうから、少しはリラックスしなければ意味がない。

四十なかばとしては当選回数もかなり多く、中堅どころの政治家である巽は、ふだん国内ではあまりおおっぴらにゴルフを楽しむことはできないようだ。プロを考えたこともある――というのは本人の弁だが――くらい好きな趣味だというが、やはり「ゴルフ三昧《ざんまい》の政治家」というイメージがつくのはまずいらしい。

まあそれに、うかつにゴルフ好きがバレると同業諸先輩方の誘いを断るのに苦労する、ということもあるようだった。

そういえば、この間来た時には、総務大臣の小坂《こさか》とうっかりクラブハウスでかち合ってしまったのだが。

大丈夫だっただろうか、とさすがに榎本も考えこんでしまう。

どうやら巽には、小坂の娘との縁談が進んでいたようだった。小坂は派閥の首領も務める実力者で、話を受ければ巽としても足下が固まるわけだ。若返りが叫ばれる中、次の内閣に名を連ねることも確実だっただろう。

が、それを断るとなれば。

結婚は男女のこととはいえ、ああいう世界ではやはり政略結婚だ。小坂から見れば、引き立ててやるつもりが逆に顔に泥を塗られた、という意識にもなるだろう。

かなり、風当たりがあったのではないだろうか。

もっともそのあとにあったちょっとした事件で、相殺《そうさい》になった可能性もあるが。

ハァ…、と榎本は深く背もたれに身体を投げかけて、大きな息を吐き出した。

なかば自分のせいとはいえ――政治家としては喜ぶべき縁談をぶちこわしたことも、そもそも巽を政界へ押し出したことも――それでもやっぱり、巽の選択はうれしかった。

『どうして今さら……手放せる……？』

あの時の、押し殺したようなつぶやきが、耳に……胸に残っている。

巽にとって自分は、いつでも手放せる存在だと思っていた。

飽きたら、いつでも捨てられるくらいの存在だと。十七年も続いていたのは、ただの惰性のようなものだと思っていた。

月に一度、というスタンスがよかったのだろう…、と考えていたのだ。

うっとうしくなく、さほど飽きることもなく、気楽につきあえる距離と――時間。

これからはもっと会える、ということだろうか。

何か、胸の中が妙にムズムズとするようで……、そんなに落ち着かない気持ちになるのは初めてだった。

三十二年。海外の戦地を渡り歩いた志岐や延清ほど波瀾万丈《はらんばんじょう》ではないにしても、榎本も普通に生きてきて、たいていのことは展開も読めるし、対処もできた。

それでも、自分自身のことはやはり見えないものだな…、と妙な感慨に浸ってしまう。

——と、その時。

ふすまの向こうで外のドアの開く音がして、ふっと榎本は戸口に視線をやった。

ノックもなく、チェックアウトまでにはまだ少しあるが…、と怪訝《けげん》に思った榎本の前に、がらりとふすまを開けて入ってきたのは——真城だった。

ゴルフウェアではなく、スーツ姿だ。

「あれ？」

奥でくつろいでいる榎本と目が合って、少し驚いたように口を開く。

真城秀顕《ひであき》は、現在は「エスコート」のガード部門に所属するボディガードであり、かつては警視庁でSPとして勤めていた。モデル並の華やかな美貌《びぼう》を持つ男で、スマートなエスコート、ボディガード技術に定評があり、国内外のセレブな奥様、お嬢様から絶大な人気とご指名がある。

榎本とは幼稚園からの腐れ縁で、小中高と同級生であり、榎本と巽との長い歴史も、一番最初から知っていた。

巽が初めて榎本の前に現れた時、真城も一緒にいたせいだが、榎本にしても真城に隠すことは何もなかったから。

いわゆる私生児だった榎本の耳には、やはりまわりの雑音もよく入っていた。シングルマザーもめずらしくはない時代だが、やはり銀座のホステスともなると、口さがないご近所のママさん連中は多い。父親が誰だかわからない、という陰口もあったが、むしろ母親が「銀座のホステス」というあたりが気に障ったのかもしれない。ダンナたちがいいように金をむしり取られている、という感覚があったのだろうか。

そんなこともあって、もともとご近所に友達の少ない榎本だったが、なぜか真城とはずっと仲がよかった。真城自身、その容姿もあって少しばかり浮いていたせいかもしれない。

もっとも、こうして三十年もつるむことになるとは思ってもいなかったけれど。

「なんだ。起きていたのか。チェックアウトの時間までに起きられないかもしれないから、適当に様子をみてきてやってくれと頼まれたんだが」

部屋のキーを持っているところを見ると、どうやら巽から預かってきたらしい。

「一緒にまわってたんじゃないのか?」

それにわずかに首をかしげて榎本が聞き返す。

昨日のハーフは榎本と真城と志岐がつきあってコースをまわったのだが、今朝はさすがに榎本が起きられなかったので、誰かが代わりに入っているのだろう、と思っていたが。

「ユカリと延清が入っている。律がキャディで」

さらりと答えながら、真城が近づいてきた。

「延清? あいつ、できるのか?」

「つきあい程度のようだが。ユカリよりはマシだろう」

イメージがなくて、思わず尋ねた榎本に、真城が肩をすくめた。

「で？　何を黄昏《たそが》れてたんだ？　巽さんと旅行だなんて、幸せすぎてなんだか恐いわ、……か？」

「やかましいわっ」

腕を組み、いかにもな表情でにやにやと笑われて、榎本は肘《ひじ》で思いきり真城の腹を突き上げた。

が、さすがにガードだけあって、おっと、と軽くかわされる。

チッ、と榎本は舌打ちした。

何というか…、何もかも知っている幼馴染みは、こんな時、めんどくさい。

「まあ、よかったじゃないか。十七年も不毛に片思いを続けてたわけじゃなくてな」

いささか頬《ほお》が熱くなるのを感じながら、榎本は、ふん、と鼻を鳴らした。

別に片思いとか、そんなんじゃない――、と言い返したかったが、自分でも言い訳じみて聞こえる。

月に一度だけ、という関係が、永遠に続くと思っていたわけではない。が、次のステップへ進むことは、すべてが終わってしまいそうで恐かった。

それでもおたがいに手探りで、なんとか踏み出せたのだ。

新しい関係になったのか、……あるいは、これまでと何も変わっていないのか。

正直なところ、榎本にもまだよくわかっていなかったが。

「……よかったよ。正直、こんなに長くなると、別れた時におまえがどうなるか、想像できなかったからな」

真城がつぶやくように言った。

案外、これで心配してくれていたのかもしれない。

十七年だ。ずっと側《そば》で見ている方も、やきもきしていたのだろうか。……まあ、おたがいさま、というところはあるが。

榎本にしても、真城の恋愛ごとには、時々口を挟み、時々横目にしながらあえて放置もしてきた。

「別れたら別れたで…、まぁ、次に行ったんじゃないか？」

窓の外の緑を眺めながら、何気ないように榎本は口にする。

「次ねぇ…。十五の時から門真さんしか見てなかったのにか？　今さら方向転換するには、ちょっとキツい年頃だけどな」

真城が喉《のど》で笑った。

「うるさいぞ」

同い年のくせに。

肘掛けに肘をつき、むっつりと榎本はうなる。

「おまえは自分のワンコの面倒だけみてろ」

「あいつはまだ若いからな。将来有望だよ。素直で体力もある。……俺好みの男になるさ」

真城が横でスカした調子で言った。

「別に巽さんだって体力がないわけじゃないぞ？　あの年にしては。少なくともがっついてるだけの大型犬よりはテクニックもある」

真城の「男」と若さを比べられると、思わず榎本はフォローしてしまう。

考えてみれば、真城とは逆方向の男へ行ったわけだ。同じような青春を送ってきたはずなのに、不思議でもある。

が、まあ、真城は昔から、その容姿のせいで年上の変質者によくつけ狙われていたようだったから、警戒心の方が強かったのかもしれない。巽のことも、初めの頃はずいぶんとうさんくさく思っていたようだ。

もっとも当初から、真城には巽が自分の血縁らしいと伝えていたし、そのあと真城が警視庁に入り、SPになると、公式の場で何度か巽とは顔を合わせていたようだ。

巽にしてみれば、旧悪を知っている真城に公の顔を見られるのは居心地が悪かったのではないかと思うのだが、意外と気さくに話しかけてきたらしい。

「だいたい、おまえのそのヒネた性格の半分は門真さんが作ったんだからな。今から他の人間に面倒を見させるのも気の毒だ。最後まで責任をとってもらうんだな」

喉を鳴らすようにして真城が言う。

――もちろん、そのつもりだった。

一時間後――。

チェックアウトをして荷物を車にのせ、榎本たちはのんびりとコーヒーを飲みながらクラブハウスで巽たちのホールアウトを待った。

「あっ、オーナーだ」

あらかじめ文庫本くらいは持って来ていたが、午後もなかばを過ぎてさすがに退屈しかけた頃、ようやくぞろぞろと帰ってくる巽たちの姿が視界に入る。

と、先頭にいたユカリが真っ先に榎本を見つけ、なぜかやたらとうれしそうに、めずらしく向こうから走りよってきた。もっとも真城の方に、というべきかもしれないが。

「俺っ、俺っ、ホールインワンしたんだっ！」

そして拳《こぶし》を握りしめて、満面の笑みで報告した。

ほう…、とさすがに榎本は驚いて目を見開いた。

ユカリはまったくの素人のはずだが。多分、これで二度目くらいだ。以前、やはり箱根に来た時にやったのが初めてだった。

「それはすごいな」

横で真城も目を丸くして感心している。

「まぐれだろ」

と、後ろから追いついてきた志岐がむっつりとうなる。

「まぐれだな」

その横で淡々と延清がつぶやく。

「ビギナーズラックというやつだね」

巽が榎本の横に腰を下ろしながら、冷静に言う。

まさかトータルのスコアで負けたわけじゃないだろうに、大の大人三人がそろっておもしろくなさそうな仏頂面なのに、榎本は思わず笑ってしまった。

まあ、大人三人からすれば、今日はユカリにレッスンしてやろう、という軽い気持ちでいたはずだから無理もない。

見ると、隣のテーブルについていた律も口元を押さえて笑いをこらえている。

「俺ってゴルフのセンスがあるのかも？　っていうか、天才っ？」

趣味のゴルフをオヤジ臭いだの何だのとケチをつけていたわりに、ずいぶんと浮かれている。

調子に乗りまくるユカリに、榎本はにやりとして言った。

「ホールインワンをしたら、みんなに記念品を出したりしないといけないんだぞ」

「そうだな。あとはゴルフ場に記念植樹をしたり」

と、真城。

「記念コンペを開催したりな」

志岐も意地悪くつけ足す。

えーっ！　とユカリが声を張り上げた。

「何それっ？　おかしーよっ。ふつー俺がもらえるんじゃないのっ？　記念品とか、カップとかさっ。飯おごってくれたりとかっ」

「うかつにホールインワンすると、結構、金がかかるんだよな」

延清たちの向かいにすわりながら、志岐がさらにいじめている。

「ホールインワン保険とかいうのもあったくらいだからねえ…」

巽もバイザーをとりながらのんびりと口を開いた。

ちらり、とその眼差《まなざ》しが榎本を見つめて、榎本はなぜかちょっと照れてしまう。

ここにいる、おそらくすべての人間が自分たちの関係を知っているわけだ。どんなふうに自分たちを見ているのか…、と思うと、妙に気恥ずかしい。

正直なところ、巽と一緒のところを他の――職場の連中になど見られたくない。

そんな微妙な気持ちを巽はわかっていないのか、あるいはわかっていてあえて、やっているのか。

巽としては、仲間内での榎本の様子を見たい、という、いささか人の悪いところもある。

「そんな面倒なのやだよー。なかったことにしよう。うん」

「別に強制じゃねぇから」

ベソベソとうめいたユカリの頭を、志岐が笑いながらポンポンとたたくように撫《な》でている。

実のところ、ユカリはゴルフのコンペならメジャー級の大会を個人でも催せるほどの大金持ちなのだが、どうやらその自覚はないらしい。

まあ、給料とか小遣いに使っているのとは別の、もらった遺産などが入っている口座は榎本が管理しているのだが。

「でも今日はユカリに飯をおごってもらうかな」

「ひでーっ、年下なのにっ！」

嫌がらせを言ってからかう志岐に、ユカリが抗議の声を張り上げる。

そんな二人の掛け合いに、空気が和んでいた。

ユカリのいいところはこういうところなんだろうな…、と思う。

ガードとしてのスキル以前に、依頼人を和ませることのできる、心を許させるような、まっすぐな雰囲気。どこを振っても、自分からは出てこないものだ。

「どうします？　少し早めに出て途中で食事でもしていきますか？」

真城が、一応依頼人という立場になる巽に尋ねている。

だが今回の旅行は榎本を通さず、真城を通して企画されたので、……つまり、単に友人関係の集りとも言えるわけだ。

もちろん、代議士である巽のガードは必要としても。

榎本としては、請求書を出していいものか迷ってしまう。

「そうだね…。それがいいかな」

真城の言葉に、巽が考えるように首を傾けた。

「それとも、邪魔者が多いということでしたら早々にマンションまでお送りしますが？」

にっこり品よく笑って言った冷やかしに、榎本はテーブルの下で真城の足を蹴《け》りつけた。

もちろん、わかってはいるのだろうが、巽は口元で小さく笑っただけだった。ちらり、と向けられた眼差しに、榎本の方が気恥ずかしくなる。

榎本は無意識にメガネを直した。

「いやいや…。『エスコート』のトップ・ガードをこれだけそろえられる贅沢《ぜいたく》もなかなかないだろうからね。食事くらいさせてもらおうか」

そう答えた巽に、では、と真城が巽の好みを尋ねてから、場を壊さないようにさりげなく席を立つ。レストランに予約を入れるのだろう。

そのあたりのそつなさは、やはり真城だった。

志岐はともかく、延清だったらまったく気にしないところだ。なので、延清の依頼人はそのへんのことにかまわない相手がほとんどだった。ムードやTPOに関係なく、とにかく命を守ってくれることが先決、という感じの。

必要であれば、榎本としても延清とチームを組ませる相手に、そういうことに気配りのできる男を選ぶ。

いつも自分で手配はしていても、榎本自身、志岐や真城の仕事ぶりをこうして肌で感じるような機会はそうはない。

なるほどな…、と思った。

巽にしても、志岐や真城と今までにそれほど面識があったわけではないはずだ。延清たちにいたっては、前回が初対面のはずで。

それでもこれほどリラックスして、落ち着いていられるのは、常に余裕のあるガードたちの雰囲気のせいなのだろう。

安心して任せることのできる、そして、心地よい時間を過ごすことのできる……そんな空気。

帰ってきた真城が、隣のテーブルの志岐と延清の間に立ってわずかに身をかがめ、何か話している。

帰りルートの確認でもしているのだろう。

「ゆうべはきつかったかな？」

その隙《すき》に……なのか。とぼけたふうに、さらりと巽が尋ねてくる。

「コースをまわれる状態じゃなかったことは確かですね」

いくぶん拗ねたふりで、コーヒーのカップを手に取りながら、目を合わさないままに榎本は答えてやる。

巽がくすくすと笑った。

まったく何気ない、これまでと同じ空気で。

この男と「恋人」になって、三カ月。

それまでは、何と呼べる関係だったのか——。

この前に会ってからは四十二日だったわけだが、この三カ月だと三度ほどは会っている。

今日もそうだが、「五日」ではない日だ。

そのことに、榎本はまだ少し、とまどってしまう。

だが、巽は何も変わっていないように見えた。その口調も、やわらかい笑みも、駆け引きのような会話も。

十七年。

心地よい時間だった。月に一度しか会えなかったが、その日を待つ楽しみも、その日しかなかったからこそ、大切に思えた時間でもあったのだろう。

少しずつそのルールが崩れ、少しずつおたがいの距離感もずれてきて。

これから——。

何かが変わる……のだろうか。あるいは変わらないのか。

月に一日だけという、自分たちの関係に終わりが来ることは、想定していた。想定できた。もう十年以上も昔から、ずっと。

変化というものに少し臆病《おくびょう》な年になったのかもしれない。バラ色の未来だけを想像できるほど、おたがいに若くもない。

その先、自分たちがどうなるのか――。

正直わからなかったし、……あるいは、別の問題が出てくるのかもしれなかった。

月に一日以外、無関係な他人として過ごしてきたのが、一年中、恋人になる。関《かか》わる絶対的な量と質が大きくなるのだ。

そうでなくとも、巽は出会った頃と比べて、格段に面倒な立場にもなっている。

かすかな不安を、榎本はコーヒーと一緒に飲み干した。


翌朝、榎本は電話の呼び出し音で目が覚めた。

隣で寝ていた巽が腕を伸ばして、サイドテーブルの携帯をとるのがわかる。

ゴルフの帰り、榎本は巽のマンションに泊まっていたのだ。

これまでの十七年間、五日の日にそうしてきたみたいに。

「もしもし……ああ、君か。おはよう」

朝早い、という時間ではなかったが、ゆうべは――というか、ゆうべも、というべきか、二晩連続で結構遅くまで起きていたせいで、巽もいくぶん眠そうな声だった。

そう、いつになく体力も使ったわけだし。榎本はベッドの中の運動だけだったからまだしも、巽はたっぷり一日、ゴルフも楽しんでいたのだ。

「……ああ、わかった。大丈夫だ。それじゃあ、またあとで」

秘書か誰かなのだろう。

薄目を開けて壁の時計を見ると、九時をまわったくらいだった。

巽の大きな手が、くしゃくしゃと榎本の頭を撫でてくる。そしてそっと、こめかみのあたりにキスを落とした。

「おはよう、和佐。十五分したら起きておいで」

そう言うと、するりとベッドを離れた。

ローブを羽織り、寝室を出る男の後ろ姿がぼんやりと視界にかかる。

このマンションに泊まった翌日——この十七年間、それは必ず、毎月六日だったわけだが——朝、榎本が帰る前に巽は朝食を作ってくれていた。

たぶん最初は、榎本がまだ学生だったからだろう。若いうちから朝食を抜くのはよくない、という、結構固い考えが巽にはあったようだ。

それでずっと作ってくれていたのが、そのままこの年になっても続いている。

いつもと同じパターンに、寝ぼけた頭が一瞬、今日は六日だったか…？　と混乱してしまう。

だがいつもと同じようで……いつもとは違う朝だった。

榎本は十分ほどたってからのろのろとベッドを離れ、顔を洗う代わりにさっとシャワーを浴びる。

ダイニングのテーブルには、いつもと同じ、パンとサラダと卵、という簡単な朝食が整っていた。

ここにいると、本当に中学の頃と何も変わっていないような気がする。

……よくよく考えると、近い将来、入閣しようかという国会議員に朝ご飯など作らせていていいのか…？　とは思うのだが。

「今、いそがしいんですか？」

何気なく尋ねた榎本に、巽がコーヒーを淹《い》れながら嘆息した。

「これからがバタつくんだろうね」

そう、総裁選に向けて、各派閥があわただしく動き始める時期だった。

縁談を断ったことで、小坂との関係が悪くなっているのかもしれないし…、いろいろと難しい局面も出てくるのだろう。

自分のせい、と言われればそうだが……まあ、仕方がない。

榎本にはどうしようもないことで、とりあえず巽自身ががんばっていくしかないわけだ。

今朝は、おそらく秘書が迎えにくるのだろう、と榎本にもわかる。長居はせずに、榎本は朝食をすませると早々に席を立った。

「和佐」

今までそんなことはなかったのに…、玄関まで見送りにきていた巽が、ドアを開けて外へ出た榎本の背中を呼び止める。

ふり返った榎本の顎《あご》がとられ、軽くキスを落とされた。

あ、と思う間もなく。

「連絡するよ」

そして、何気なく言われた巽の言葉がふっと胸に残った。

今までそんな言葉を二人の間で交わすことはなかった。次は来月の五日、と決まっていた自分たちに、あえての「連絡」など必要なかったから。

「ええ…」

と、榎本は静かにうなずいた。

何か胸がざわつくようだった。普通の恋人同士、というのは、本当に普通に、こういう会話を交わしているのだろうが。

この部屋からの朝帰りももちろん、慣れてはいたけど、やはりいつもとは違っている気がした。

どこか気恥ずかしくて。


しかしこの朝、二人の様子を見つめている目があることに、榎本は気づいていなかった――。

◇　◇

巽から「連絡」があったのは、それから十日ほどもしてからだった。

立場としては巽の方がよほど時間的に厳しく、榎本のように自分の都合で仕事の予定を変えることはできない。

それはわかっていたから、榎本から連絡をとることは少なかった。

会いたいと——思わないわけではなかったけれど。

以前は、五日が過ぎると次に会えるのは翌月の五日だということは決まっていて……確かに遠い未来だったが、わかっている分、安定もしていた。

もっとたくさん会える関係になったわけだが、それがかえって落ち着かない。つい、連絡を待ってしまう自分に気づいて。

昔は…、巽の姿をテレビの中で見つけられるとうれしかった。委員会後のインタビューや、固めの番組にゲスト出演してのコメント。清廉な、澄ました顔で答弁している男が、自分の前でだけ見せる別の表情があることに、わくわくした。

今でもそれは変わらないが、しかしふいに、テレビ画面の中の巽との距離を感じてしまうことがある。

自分だけが知っている男がいるのと同時に、自分の知らない男の顔も増えているような気がした。だがそれも当然なのだろう。

政界での巽の立場が大きくなるにつれ、責任も重くなり、いろんな制約もできる。人間関係も、ますます複雑になってくる。

今の巽には、本当は恋人と遊ぶヒマなどそうそうないはずだった。

十日というのは、ひと月に比べれば三分の一の時間で——しかし、普通の恋人同士からするとどうなのだろう？　長いのか、短いのか。

夜、風呂《ふろ》上がりにビールを飲んでいた時だった。

オフィスではなく携帯の電話が鳴ることは、ほとんどない。つきあいのある相手からのパーティーや何かの招待にしても、ほとんどはオフィスの方にかかってくるのだ。

だから呼び出し音が部屋に響いた時、すぐに巽の顔が頭に浮かんだ。

そして、それは当たっていた。だがそれは、榎本が期待していた内容ではなかった。

『兄が入院したんだよ』

ほとんど挨拶《あいさつ》もなく告げた巽に、榎本はわずかに眉《まゆ》をよせた。

『悪性リンパ腫《しゅ》の疑いでね』

続いた言葉に、さすがに一瞬、息を呑《の》む。

血液のガン、と言われる病気だということは榎本も知っていた。しかし、静かに返した。

「そうですか」

冷たい口調に、巽が電話のむこうでため息をついた。

『君に会いたがっているんだ。一度、顔を見せてやってほしい』

諭すように言われた言葉に、榎本は身体の奥から怒りにも似た思いが湧《わ》き上がってくるのを感じる。

母と自分を捨てておきながら——、という恨み、ではない。正直、「父親」という男にはそんな感情すらも湧かなかった。

ただ、巽の口からそれを言われることに、なぜか無性に腹が立った。

「あなたが入院したのなら見舞いくらい行きます。でもあなたの兄は、俺とは他人だと言いませんでしたか？」

『和佐』

いくぶん、叱《しか》るような声。そして長い息を吐いて、なだめるような声が続いた。

『和佐…、気持ちはわかるが、君もいい年になったんだ。そろそろ考えてくれてもいいんじゃないのかな？』

電話口で、ため息をつくように巽が言った。

「いい年になってしまって申し訳ありませんね」

憮然と榎本は答える。

十五歳という本当にピチピチの頃から人のカラダを好きにしてきたくせに、今さら何をほざく——、と内心で言い返しながら。

「あいにくまだ、人間が円くなるような年でもないんです。年に関係なく、私は昔からこういう性格ですしね」

『まあ、それはわかってるがね…』

やれやれ…、というようにつぶやかれた言葉に、自分で言っておきながらも榎本は少しムッとする。

要するに、可愛くない、と言いたいのだろう。

ふん、と榎本は鼻を鳴らした。

可愛いだけの恋人が欲しいのなら、他にいくらでも見つけられる男だ。わざわざ自分など相手にしなくても。

『せっかく恋人になったのなら、そのくらいの融通はきかせてくれてもいいと思うのだが』

かたくなな榎本に、巽が少しばかり、説得の方向性を変えてくる。

「問題が違いますね」

が、榎本はそれに淡々と答えた。

「あなたが今頃になってそんなことを持ち出してくるとは思いませんでしたよ。そういうわずらわしさから俺が縁を切るという意味も含めての、あの時の契約だったと思いましたが？」

そしてあえて冷ややかな言葉を突きつける。

さすがに巽が押し黙った。それでもしばらくしてから、静かな声が耳に届いた。

『今だからだよ、和佐。君が成長した分、兄も年をとった』

榎本はわずかに眉をよせる。

つまり、老い先短い、ということだ。

考えたこともなかったが……巽の兄、つまり榎本の遺伝子上の父親である門真英一朗は、巽とは十八歳、離れている。つまり、今は六十四、五、というところか。

「死ぬ前に会わないと後悔する、とでも言いたいんですか？」

通俗的なセリフだ。

しかし榎本の皮肉に、巽はとり合わなかった。

『君に会いたがっているんだ』

「彼がそう言ったんですか？」

昔は自分を利用することを考えていた男だ。今さら、利用価値もない自分に用があるとも思えないのに。

『いや…。だが、わかるよ。兄の考えていることくらいはね』

それは兄弟の絆《きずな》を思わせて、榎本は微妙にいらだちを覚えた。

兄弟のいない自分にはわからない感覚のせいか…、あるいは巽にとっては自分よりも兄の方が特別な存在だと思えるからか。

「俺に不快な思いをさせても、ですか？」

『和佐』

なだめるように、巽が呼んだ。

「俺がどう答えるかはわかっていて、その話を持ち出したんですか？」

声を荒らげることはなかったが、その分、感情の失《う》せた声が出る。

「それはあなたにとって、恋人よりも実の兄の方が大切だということですね」

『和佐』

今度は少し叱るような……いらだったような声だった。

「俺の考えは変わりません。今さら会う必要などないでしょう」

それが結論だった。

「次に電話をもらえる時は、もう少し恋人らしい用件でもらいたいですね」

そしてそれだけ言うと、おやすみなさい、と相手の言葉を待たずに通話を終える。

この十七年――、一番最初に出会った日以来、英一朗の名前は二人の間ではタブーのように、おたがいに口にすることはなかったのに。

それが変化、ということなのか。

巽にとっては、そろそろそんな話題を出しても大丈夫だ、という読みがあったのか。「恋人」になったから？

まるで、アメをやって子供に言うことをきかせるみたいに。

――なめられたもんだな…。

榎本はため息をついて、ビールをとりにキッチンへ入りかけ……思い直して、部屋を出た。

向かった先は一つ上の二十八階。「エスコート」の最上階だ。

榎本は、自分の部屋で飲むよりもここのバー・コーナーで飲んでいることの方が多い。もともと気心の知れた人間しか出入りはないし、おいてある酒の種類も豊富なのだ。

自分一人で飲んでいても、隣のプレイルームでビリヤードやカードや…、誰かが遊んでいる気配があるのは好きだった。

仲間がいる、と感じられるのは。

その中に自分が混じるよりも、むしろドア一枚を隔ててそのにぎやかな声を聞いている方が好きなくらいだ。気持ちが落ち着く。

ユカリと志岐はよく来ているようだったが、今夜は静かだった。

そういえば、二人は一緒に仕事に出ているんだったか…、と思い出す。

トップ・ガードである志岐と比べて、ユカリはまだまだガードとしては見習い状態だ。やる気だけは二人前くらいは十分あるのだが。

そんなユカリを、特に問題がない限り、志岐はたいてい一緒に仕事に連れて行っている。ユカリにはいい実地訓練だろう。

甘やかすこともせず、足手まといにもさせず。

その志岐の精神力には、榎本も感心する。ユカリが考えているほど、志岐にとってそれは簡単なことではないはずだ。依頼人をガードするのと同時に、ユカリにも注意を払わなければならない。志岐や、真城にしてもそうだ。二人とも、恋人とは同じフィールドに立っている。

だが、自分は違っていた。

巽がいる「政界」という地雷だらけの戦場で、榎本のできることは何もない。……自分が、その世界へ巽を押し出したというのに。

――自分は、結局、甘えているだけなのだろうか…？

ふっと、そんなふうにも思う。

与えられるだけで…、巽のために、何かをしてやるわけでもないのに。

そのくせ、自分の要求だけは突きつけているのか。

そんな苦い思いがこみ上げてくる。

たまには夜景を眺めながら一人で飲むのもいいか…、と思いながらバーへ入っていくと、先客が一人いた。

真城だ。

ちょうどカウンターの中で、何かを作っているところだった。

そういえば、夕方に海外の仕事から帰ってきたばかりだったが……一人でここにいるということは、真城の恋人は仕事中、ということだろうか。

「寝酒か？」

おや、と顔を上げた真城がそう声をかけてきて、軽くグラスを持ち上げてみせる。

いるか？　ということで、榎本はうなずきながら、ミニ・バーのスツールに腰を下ろした。

「ハイボールでいいか？」

「ああ。ちょっと濃いめに頼む」

そう答えた榎本に、真城は手際よくグラスに氷を放りこみ、バランタインを半分ほど、それにソーダを注ぎこむ。

「どうした？」

軽くステアしてから榎本の前におき、怪訝そうに尋ねてきた。

「何が？」

グラスを手にとりながら気のないままに答えた榎本に、真城がぐっとカウンター越しに身を乗り出してきた。じっと榎本の顔をのぞきこんで、にやりと笑う。

「おもしろくなさそうな顔をしてる」

さすがに幼稚園から三十年近く一緒の男は、人の顔色を読むのがうまい。

ふん…、と鼻を鳴らしただけで榎本は答えなかったが、真城はカウンターをまわって榎本の隣にすわりながら、楽しげに続けた。

「このところ、幸せいっぱい、ってハートを飛ばしていたのに」

「うるさいよ」

そんな冷やかしを受け流す気分でもなく、榎本はカウンターに片肘をついたまま、不機嫌に言い返した。

「門真さんとケンカでもしたのか？」

だがあっさりと看破され、榎本はさらに低くうなる。

「ま、これからが楽しみだな」

「……なにが？」

そのいくぶん意味深な言い方に、さすがに榎本が聞き返すと、真城はにやりと笑って、もったいぶるように自分のグラスに口をつけた。

「今までおまえと門真さんは月に一度しか会わなかったんだろう？　つまりケンカをするヒマもなかったわけだ。相手のアラを見つける余裕もない。だがこれから好きな時に会えるとなると、だんだんとおたがいの気に入らない部分が見えてくるからな」

「……嫌なヤツだな」

その言葉に、榎本は思わず低くうめく。

「おまえほどじゃない」

真城がつらっとした顔でかわす。

まあ確かに、今までさんざん真城の恋愛にもチャチャを入れてきた榎本だったから、反論の余地もない。

しかも……、今まで考えたこともなかったが、言っていることはまったくの正論のようでそれも腹立たしい。

「で、さっそく衝突したわけか？」

何気なく尋ねられて、榎本は小さくため息をついた。

「衝突というわけじゃない。ただ……」

榎本は一瞬、口ごもる。

他人に話すようなことではなかった。だが、隠すほどのことでもない。相手が真城ならば、なおさらだ。

自分の生い立ち、家庭環境、経歴――幼い頃から、すべてを知っている男だ。

「巽さんの兄が…、入院したらしい。それで見舞いに来いと言ってきた」

あえて淡々と、榎本は口にした。事実のみを伝えるように。

「英一朗氏が？」

真城が驚いたように確認してくる。

巽には兄は二人いるが、もちろん榎本に関係しているのは長男の方だ。

「そういえば、もともと心臓だか、肝臓だかを悪くして政界を退いたんだったな…」

思い出すように言って、そして真城は静かに尋ねてきた。

「それで？」

「それで、とは？」

榎本は素っ気なく聞き返す。

「俺には関係ない話だ」

「なるほど…」

短く、真城は口にした。驚いたようでも、非難するような口調でもない。だが、同意しているようでもなかった。

「おまえも、会ってこいという意見か？」

いくぶんムッとして聞き返した榎本に、真城は肩をすくめた。

「客観的に第三者的な立場から言わせてもらうと、会ってきた方がいいだろうな。……もちろん、おまえ次第だが」

突き放した言い方に、榎本はムスッとしたまま、グラスを持ち上げる。モルトの香りが鼻を突き抜け、アルコールが喉に沁《し》みていった。

「門真さんはおまえに会ってほしいと思っているわけだ」

「案外、ブラコンだからな、あの人は」

ふん…、と榎本は軽く鼻を鳴らす。

年の離れた兄を、巽は両親よりも慕っていたようだし、英一朗の方にしても弟を可愛がっていたらしい。仲のいい兄弟だと、人の口から聞いたこともある。

……代わり、なんだろうか？

ふっと、そんなことを思う。英一朗の息子だから、巽は榎本に近づいてきた。英一朗の息子だから——あの時、自分を欲しがったのだろうか？

「なんだ。それで拗ねてるのか？」

真城にクッ…、と喉で笑われて、榎本はじろり、とにらみつけた。

「そうじゃない」

今の巽の立場で、ある程度の覚悟は持って榎本を選んだはずだった。十七年前のような、遊びの延長ではすまない。

……すませるつもりもない。

契約は終わった——のだ。ちゃんと完全に履行された上で。

今が単なる恋人関係だというならば、別れることも可能なわけだ。榎本の自由に、だ。

十五の時から、ずっと一人の男に抱かれてきて。

甘酸っぱい初恋だとか、ドキドキと一人の女の子に——男でも——胸をときめかせたりだとか。そんな思いを、榎本は経験したことがない。

告白されて、つきあった女の子はいたにしても。あるいは、まるで実験のように、誰かと恋人同士になってみたこともあったが。二十歳前後の頃には、行きずりの相手と関係を持ったこともある。

それでも、月に一度——一日だけ巽と会える日以上に、榎本が待っている時間はなかった。

どんな相手と寝ても、彼と比べていた。

——五日。

彼に拘束される時間が、うれしかった。自分を拘束してくれる時間が。……自分だけが、彼を見つめていられる時間が。

決定的な亀裂《きれつ》になるのだろうか？　榎本が英一朗の存在を無視し続けることは。

見捨てられたことを恨んでいるというわけではなく、巽が気にするからこそ、会いたくなかった。

自分たちの間にその男の存在があることが、妙にいらだってしまう。

「会ってやったらいいんじゃないのか？」

と、ふいに聞こえた真城の声に、ハッと榎本は顔を上げた。

「おまえの感情はおいといて、門真さんのためにな。あの人の喜ぶことをしてやれよ」

あの人のために——、か…。

榎本は小さくため息をつき、それには答えないまま、カラカラとグラスをまわした……。

◇

◇

その男が「エスコート」を訪ねてきたのは、それから一週間ほどがたった頃だった。

事前のアポイントはなく、一階の人材派遣部門の受付から榎本の秘書である律のところへ名刺がまわってきたらしい。

「守田真治《もりたしんじ》……？」

その名前に覚えはなかったが、肩書きには思わず目を奪われた。

門真巽代議士秘書――。

もちろん巽には公設、私設あわせて秘書は何人もいるだろう。榎本もいちいちチェックしているわけではない。

だが今まで巽が榎本のところに秘書をよこしたことはなく、実際、プライベート以外でのつきあいはなかったから、おたがいに自分たちの間に他人を割りこませることはしなかった。

つまり代議士として、公式に何か用がある、ということなのだろうか？

箱根のゴルフなどはまったくのプライベートだったわけだが、今度は仕事上の必要があるということも、もちろん考えられる。だが、入閣していないとはいえ代議士という立場で、公式の場で必要であればＳＰがつくだろう。

「用件は？」

名刺から顔を上げて、デスクのむこうに立っている律に尋ねてみる。

「おっしゃらなかったようですが…、聞いてみますか？」

「いや…、いいよ」

首をかしげた律に、榎本はさらりと言った。

「お通ししてくれ」

はい、とうなずいた律が、自分で一階の受付まで迎えに行ったのだろう。

ここまでエレベーターで上がってくるには特別なパスが必要で、一般の人材派遣部門とは切り離しているため、そちらの人間が案内してくることはできない。必要によって、こちらから降りてロビーで用件を聞くか、迎えに行くかどちらかになる。

ただ榎本への来客のほとんどはアポイントがあるので、――実際に顔を合わせる客自体、週に二、三人と多くはなかったが――時間に合わせて律がロビーまで降りていくか、こちらから階数を指定した上で、専用のエレベーターに乗ってもらうか、だ。

まもなく、「どうぞ、こちらです」という律の声が遠くに聞こえる。エレベーターが二十七階に到着したのだろう。

絨毯が敷かれているので足音は聞こえなかったが、すぐに半分開いたままの扉から二つの影が見える。

「失礼します」

落ち着いた声でそう言って入ってきた男は、想像していたよりずっと若かった。三十前だろう。榎本より三つ四つ下くらいか。

きっちりと隙のないスーツ姿で、しかし雰囲気としては代議士秘書という堅苦しさは見られない。わずかに茶色がかった髪は地毛なのか、染めているのか……いずれにしても、国会や議員会館の長老方は眉をひそめるところかもしれない。

が、まあ巽らしい、といえば巽らしい。外見などは個人の自由で、口を挟まないのだろう。

甘めの容姿は女性受けもよさそうで、将来的に自分が出馬するつもりであればいい武器だな…、と榎本は内心で考える。

「初めまして。守田と申します」

戸口できっちりと頭を下げ、さりげなく室内を見渡して微笑《ほほえ》んだ。職業的な、もの慣れた笑みだ。

「ご立派なオフィスですね。セキュリティもしっかりしているようですし」

「恐縮です。……どうぞ」

デスクの奥でイスから立ち上がった榎本は、部屋の一角にある応接セットを示してうながした。

失礼します、と守田がそちらに向かい、律が手際よくお茶を入れてくると、客がいなければ開けっ放しの扉を、きちんと閉めていった。

「オーナーの榎本です。おすわりください」

軽く頭を下げて席に着いた男は、じっと榎本を見つめてきた。

その初対面の人間に対するには少し強すぎる、どこか値踏みするような眼差しを、榎本はいくぶん怪訝に思う。

確かに、初めて会う依頼人の中には、「本当にこの男に任せても大丈夫なのだろうか？」というような疑念や不安の眼差しを向けてくる者はいる。パーティーのパートナーなどではなく、本当に命を狙われていて、せっぱつまっている状態ならばそれも当然だった。そういう視線には慣れている。

だが守田の眼差しは、またそれとは違っていた。

かといって、こちらが譲歩する必要もなく、ただ静かに見つめ返した榎本の視線に気がついて、彼はふっと唇で笑う。

「なるほど。先生に似ていらっしゃいますね。目のあたりとか…、顔の輪郭も。……ああ、英一朗先生に、ということですが」

その言葉に榎本はわずかに眉をよせた。

つまり、この男は榎本の背景を知っている、ということだ。

それがどういう意味なのか――。いや、むしろ、あえてこの男がそれを口にするのがどういう意味なのか、だろうか。

この時点ではいろんなパターンが考えられた。

巽が先日の電話の用件で秘書をよこしたのだろうか？　だが、まさか…、と思う。他人を介在させるような問題ではないはずだ。

ただいくぶん、男の口調にも、笑みを浮かべた表情にも、敵意、というほどでないにしても、どこか挑戦的な色を感じる。

あるいはまた、後継者の問題だろうか。

その可能性に思いあたって、榎本はいくぶんうんざりした。

十七年前、英一朗に正式な息子がいないことで、巽が榎本に打診してきた。結局、英一朗の後継には巽が入る形になったわけだが、今度はその巽に後継者がいない。

結婚もしていないのだから当然だが、……そう、政界の大物からきていた縁談を、結局巽は断ったのだ。

巽にはもう一人すぐ上の兄がいるはずだが、放浪癖がある、といっていたその男に子供がいるかどうかなど、榎本にはわからない。

もちろん、「エスコート」の調査室に頼めば、門真の家を調べ上げることなど簡単だが、榎本はあえて門真の家に近づくことはしなかった。自分には関係ない、と。

だが三人もいる兄弟に誰も子供がなかったとすると、門真家はますます後継問題が混沌《こんとん》としてくるわけだ。

秘書たちの間で、後継者争いが勃発《ぼっぱつ》でもしているのだろうか？　そんなところに、また榎本の存在でも浮上したら邪魔なので、あらかじめクギを刺しておこうということだろうか。

もしくは……あの時のように、榎本に今度は巽の後継を打診するつもりか。

いずれにしても榎本に関わるつもりはなく、さらりと受け流すように言った。

「それでご用件は…、ボディガードがご入り用ですか？　門真先生のご紹介ということでしたらお受けできると思いますが」

あからさまに守田の言葉は無視して営業用の表情で対した榎本に、相手はほがらかな笑みを浮かべたまま口を開いた。

「実は私の父は先生…、英一朗先生の秘書を務めておりまして、祖父は先代の秘書をしておりました。そして私が巽先生の秘書を務めさせていただいておりますから、三代に渡ってお世話になっているわけです。ずっと小さい頃から門真の家にも出入りさせていただいてましてね」

まったく嚙《か》み合わない会話になっていた。もちろん、おたがいによくわかっている。

「巽先生には子供の頃、よく遊んでもらいました。勉強を見てもらったり…、海や遊園地に連れていってもらったり。優しい方です」

男の懐かしむような口調に、何か言いようのない不快感が湧き上がってくる。

巽先生——、という呼び方、その響きにも。

誰もが「門真先生」である門真の家では、区別をつけるためにおそらくみんな、そう呼んでいるだけで、深い意味があるわけではないのだろうが。

「十七年前、あなたが門真の家においでになっていれば、もっと早くお知り合いになれたかもしれませんが」

いかにも、門真の家の事情をよく知っていますよ、と言いたげな様子は、さらに榎本の神経を逆撫でした。

まるで身内のような言い方だ。

だが、何の用で来たのかがわからなかった。ケンカを売りにきたのなら買ってやろうじゃないか、という気分は満々だが。

榎本は忍耐強く、にっこりと笑った。

「門真の家は私とは何の関係もありません。用件をおうかがいしたいのですが？」

「……なるほど。関係ない」

しかしその榎本の言葉に、守田は小さく笑ってうなずいた。

カンにさわる笑い方だった。

「あなたは巽さんの使いでおいでになったのですか？」

少し気を落ち着けるように、足を組んでから榎本は尋ねる。

「いいえ。まったくプライベートな、私個人の用件です。……もちろん、先生のことについてですが」

小さく眉を上げ、ほう…、と榎本はつぶやいた。

個人の用件。つまり、門真の家とも関係なく、ということだろうか。

「単刀直入に言わせていただきます。巽先生とは別れていただけませんか？」

榎本は一瞬、息をつめる。

確かにこれ以上ないくらい、単刀直入だ。

だが巽が本当に別れたいと思っていたにせよ、巽が秘書の口から言わせるとは思えないし、それ以前に、自分たちの関係を口にしたとも思えないが。

それとも、スケジュールの調整——榎本に会うために、だ——のために、話すことにでもなったのだろうか。

まあ、政治家と秘書は一心同体とも言える。隠し続けておけるものでもなかったのだろう。

その榎本の表情を読んだように、男が静かに続けた。

「ただの叔父と甥《おい》のご関係なら、私が口を出すようなことではありません。しかし……、実は先日、先生が箱根からお帰りになった翌日ですが、私が朝、マンションまでお迎えに行ったんですよ」

箱根から帰った翌日、というと、——榎本が泊まっていった朝だ。

ああ…、とようやく思いつく。

その日、当然巽には仕事があり、特に急ぐ必要のない榎本も早めにマンションを出たのだが…、めずらしく巽が戸口まで送ってくれて。

部屋のドアを開けたところで、キスをして別れた。

そんなことは初めてだった。……もちろん、これまでは恋人ではなかったわけだから。

子供みたいに気恥ずかしく、くすぐったいような気持ちになったのを覚えている。

それを見られていたのだろう。

自分たちの関係を知られたことよりも、あの時の自分の表情を見られたのかと思うと、そっちの方が微妙に腹立たしい気がした。

つまり秘書の立場からすると、ただの叔父と甥の関係であれば問題はないが、恋愛関係は困る、というわけだ。

当然だろう。世間的には、大きなスキャンダルだ。同性という意味でも、血縁という意味でも。

「私の言っている意味はよくおわかりだと思います。あなたもこれだけの会社を経営されている方だ。良識はおありでしょう」

当然のように続けた男に、榎本は短く息を吐いた。そして軽く肩をすくめて、楽なようにソファにもたれ直す。

「では私も単刀直入にお答えさせていただくと」

「エスコート」の客を相手にしているわけではないのだ。榎本にとってもまったくプライベートな話になる。答える口調も意識的にぞんざいなものになっていた。

「嫌ですね」

肘掛けに肘をついてすわり直すと、まっすぐに目の前の男を眺めて端的に言った。

「な…」

初めて、守田の作っていたような笑顔がゆがんだ。

「巽さん本人から言われるのならともかく、関係のないあなたにそんなことを言われる筋合いはありませんから」

「関係ないわけがありません！　……あなた、巽先生の恋人なんでしょうっ？」

「そうですよ」

　わずかに前のめりになった守田に、榎本はさらりと答える。

「だったら……！　先生のことを大切に思っているのなら、わかるでしょう！　実の甥なんですよ？」

「正直、それは私にとってあまり意味のあることではないですね。ただの関係性というだけで。子供ができるわけでなし、男女だったとしても、明治あたりまで普通に認知されていたことですし。確か、ドイツあたりだと、今でも合法的に結婚できるんじゃなかったですか？　タブー視するほどのことではないでしょう」

　むしろ、同性婚の方が難しいくらいだろうが、それもだんだんと開放されているようではある。

「ここは現代の日本ですよ。まだまだおもしろおかしくネタにされる話題だし、眉をひそめる有権者も多い。もしもあなたとの関係がマスコミにでももれたら、先生の立場がどうなるのかっ。先生は今、次の入閣がなるかどうかの大事な時期なんです！」

　なかば腰を浮かせ、力をこめて男が言う。

　……なるほど、秘書だけあって、常に先生が第一ということらしい。

　だが榎本にしてみれば、それこそ関係なかった。

「その時は、政治家なんか辞めればいい」

「な……」

バッサリと言った榎本に、そんな言葉が返るとは想像もしていなかったように、守田が目を見開いて絶句した。

「榎本さん…、あなた……」

怒りと混乱とで、何と言っていいのかすぐには出てこないのだろう。それでもあえぐように言葉を押し出す。

「だいたいその程度のことがコントロールできないようなら、魑魅魍魎《ちみもうりょう》うごめく政界で生きていく力量など、到底ないでしょう。今のうちに身を引いた方が利口ですね」

かまわず続けた榎本に、守田が大きく息を吸いこんだ。

「それでいいんですか、あなたは？」

厳しい顔つきで、にらむように問いただしてくる。

「まったくかまいませんよ。私は別に、政治家である巽さんとつきあっているわけではありませんから」

「自分勝手な人ですね…」

信じられないものを見るように榎本を眺め、守田がつぶやいた。

「先生があなたみたいな人を選ぶなんて、とても考えられません」

疑り深く榎本を眺めてくる。

まるで、榎本が巽の弱みでも握っているのではないか、というように。

「あの人の趣味ですから。ケチをつけたいなら、ご本人に言ってください」

ふん、と鼻を鳴らすように榎本は答えた。

よけいなお世話だ、と言いたいところだ。そもそも選んだというより、巽がこんなふうに育てたと言っていい。

「もう結構です！」

憤ったように声を上げ、守田が立ち上がった。

「あなたみたいな人が先生の側にいるなんて…、私としてはとても認められません。先生にもよくお考えになるよう、進言させていただきますので」

「進言…、ですか。巽さんがそれを聞くと思いますか？」

あえて余裕を見せるように言った榎本に、守田が冷たく微笑んだ。

「ええ、もちろん。巽先生は秘書の忠告や進言に耳を貸さない方ではありませんからね。これまでもそうされてきました。私たちがどれだけ先生のことを考えて行動しているのか、先生はよくご存じです。先生と私との間には、それだけの信頼と絆がありますから」

いかにも自信ありげなその口調に、榎本は内心でいらっとする。

だが、それに対して言い返す言葉はなかった。彼らの歴史を知っているわけではない。

「いいですか。これだけははっきりと言っておきます。あなたが本当に先生のためを思うのでしたら、先生にも、門真の家にも、これ以上、近づかないでいただきたい…！」

榎本をにらみつけてぴしゃりと言うと、守田はそのまま足音も荒く去って行った。

響くドアの音を聞きながら、榎本はなんとなくため息をついた。

十七年、巽とは一緒にいた。だがそれは、月に一日だけのことでしかない。それ以外のすべての日を、——少なくとも議員になってからのほとんどすべての日を、秘書であるあの男は巽とともに過ごしてきたのだ。

月にたった一日——それ以外、何も知らなかった。

政治家として、テレビで見せる顔とは違う、ふだんの巽の姿も。

榎本に見せる顔とも違うのだろう。

つまらないことで怒ったり、いらだったり、毒づいたりしながら仕事に向き合い、政策を語り、それこそ選挙に受かれば秘書たちと喜び合う。

弱気になった面を見せたり、悩みを口にしたり。

そんな絆は…、確かに、榎本と巽との間にはなかった。

榎本の前では、巽は常に大人の余裕を見せていた。榎本に頼るようなこともなく。

だがあの男の前では…、巽は弱い自分もさらけ出しているのだろうか……？

理不尽な怒りが、ふいにこみ上げてくる。

——秘書……か。

もちろん、巽の側にそういう人間がいることはわかっていた。

誰よりも、おそらくは家族よりも、一番長く側にいて、苦楽をともにする相手だ。公にも、プライベートにおいても。

自分の「先生」に対しては、それだけ思い入れはあるはずだった。三代も続けて秘書をしていれば、その思いはさらに強い。

とはいえ、守田の熱の入れようはそれだけでもないように思えた。

幼い頃から門真の家に出入りし、巽にも可愛がられていたようだ。榎本よりも遥かに、巽とのつきあいも長い。

『先生のことを大切に思っているのなら、わかるでしょう！　実の甥なんですよ？』

守田はそう口にした。

この男にしてみれば、「実の甥」ということが問題なのであって、同性ということは問題がなかったのだろうか？

つまり――そういう想像、や、期待はしたことがあるのかもしれない。

巽に対する感情が、ただの秘書のものなのか――？

だとしたら、ただの嫉妬《しっと》じゃないか。

そうも思う。

そう思わなければ、とても対抗できない気がした……。

◇　◇

巽から電話があったのは、四日の夜だった。

すでに「五日」に必ず会う必要はなかった――はずだが、やはり無理がなければ、「五日」は自分たちにとって特別な日だと思う。

……榎本だけの気持ちではないはずだ。

だから前日あたりに予定を聞く習慣は変わらずにきている。

基本的には榎本が巽を訪ねる形だったので、たいていはマンションへ行っていたのだが、ここ数カ月はその時々に、巽の滞在先であるホテルまで出向くようなこともあった。

逆に巽が初めて「エスコート」の榎本の部屋を訪れたのは、恋人――らしきもの――になった翌月のことで、どうやら巽にしてみれば、これまでずっと榎本の部屋に来てみたかったらしい。

それを覚えたことで、巽の方からたまに榎本の部屋を訪れることもあった。

少し時間ができたから、という、不意打ちみたいな訪問が多く、以前には考えられなかったことで、榎本にしてもちょっとうれしい。

もっとも、巽が雲隠れしたいような時――マスコミやその時々の会いたくない人間から、だ――関係の知られていない「エスコート」をいい隠れ場所にしている、という側面もあるようだが。

どちらから会いに行くにせよ、どこにいるのかの確認は必要だった。

今回は冷戦が続いていることもあり、榎本の方から連絡をとるのはちょっと癪《しゃく》だった。だから、巽の方から連絡をくれたのは、やはり大人の対応、ということだろうか。

だがその内容は、榎本にしてみれば、正直あまり聞きたくないものではあった。

『悪いが、明日は会えそうにない』

その言葉に、榎本はちょっと唇を噛む。

きちんと会って話したかった。できれば、「五日」の日に。

巽の兄のことについても、先日の守田のことにしても。……この先のことについても、だ。

「……わかりました。まあ、巽さんも今はおいそがしいでしょうから、無理に会う必要はありませんよ」

それでも榎本は何でもないように落ち着いて返す。

このタイミングで、秘書が来ましたよ、と告げることは簡単だった。だが、告げ口するようなことはさすがにいい気持ちがしない。

……あるいは、もう、守田の方から話したのだろうか？

彼の言う「進言」をしてみたのか。

まさかそれで、巽は少し…、自分との距離を置こうとしているのだろうか…？

ふっとそんな考えが頭をよぎり、一瞬、心臓が冷える。

それによっては、二度と、巽が連絡をよこさない可能性もあったはずだった。

あるいは、別れ話——になる可能性も。

が、巽はいくぶん言葉を濁すようにして言った。

『いや、仕事というか…、兄の具合が思わしくなくてね。このところずっと、本家に帰っているんだよ』

榎本は瞬間、息を詰める。それでも無意識に唇をなめ、ようやく言葉を押し出した。

「……そうなんですか。では、門真の本家にいらっしゃるんですね」

『そうだね。……君が会いに来てくれるのなら、とてもうれしいが』

さらりと、何気ないような巽の声。

「巽さん」

しかしその作戦はいかにもあからさまに思えて、榎本は思わず低くうめいた。明らかな非難の色を交えて。

『嘘《うそ》じゃないよ。兄のことも、私の気持ちも』

しかし巽は、ただ穏やかに返してくる。

『君に会えるとしたら、いつでもうれしいからね』

それでも、巽の狙いははっきりとしていた。

「俺が行くと思いますか？」

『来てくれるとうれしい、とだけ答えておこう』

低く、なかば怒りをこめて口にした榎本に、政治家的な答弁が返ってきて、少しばかりむかっとする。

……巽を政治の世界に押し出したのは自分だったから、ある意味、しっぺ返しとも言えるが。

『だが、五日は私にとっても特別な日だからね』

何気ない言葉に、ドキリとした。そんなふうに付け加えてくるところが憎たらしい。

五日が特別なのは、むしろ榎本にとってこそ、だった。

昔から口のうまく、人を動かすのがうまい男だったが、それに磨きがかかったのはやはり職業柄だろうか。ますます食えない男になった。

「まあ、期待はしないことですね」

それだけ冷たく答えると、榎本は電話を切った。

――もちろん、うかうかと乗せられて行くつもりなどなかった。

自分が門真の本家へなど赴けば、どんな混乱をもたらすことになるかもしれない。今さら、父親だという男の顔を見たいわけでもない。

……それでも。

やはり五日は、榎本にとって特別だった。

巽が榎本を自由にできる日で——自分が巽を独占できる日。

だとすると、巽の意に沿うことが、本来、正しいはずだ。

何か言い訳のように、そんな考えも浮かぶ。

あえて行きたくはない。が、では、行かない理由は、と言えば…、結局、何だろう？　とも思う。

単なる、意地ではないのか？

父だという男が自分にとって見も知らない「他人」であれば、会わなくてもいい男、であっても、会うのを避ける理由にはならない。

『先生にも、門真の家にも、これ以上、近づかないでいただきたい…！』

先日の、守田の言葉が耳によみがえる。

思い出すと、ムクムクと胸の中で反発心が頭をもたげてくる。

秘書だかなんだか知らないが、あんな若造に指図されることではない。

『おまえの感情はおいといて、門真さんのためにな。あの人の喜ぶことをしてやれよ』

真城の言葉も頭をめぐる。

あの人のために、自分のできること——か…。

さんざん迷った末、翌日、五日の午後、榎本は門真の本家の前まで来ていた。

タクシーから降りて、重厚な門の前で何気なくスーツとネクタイを整える。無意識にも、その時を少し遅らせるみたいに。

だがそんな様子も、巧みに配置された防犯カメラには映っているのだろうか。

そう思うと、腹も据わった。

そっと息を吸いこんでからインターフォンを押し、息を詰めるように待つ。

「門真巽議員はご在宅でしょうか？　――榎本と申します」

十数秒程度だろう、女の声が応《こた》えたのに、榎本は声を抑えるようにして返す。

『どちらの榎本様でございましょうか？』

物慣れたふうに聞かれ、ちょっと考えてから答えた。

「榎本とお伝えいただければわかると思います」

お待ちください、とわずかにとまどったような返事があり、それから二分ほど待って、正面から少し離れた脇《わき》の通用門が内から開いた。

現れたのはインターフォンに対応した女ではなく――守田だ。

やはりいたのか…、と榎本はちょっと嘆息する。

まあ、当然だろう。議員のいるところに秘書がいるわけだから。

「何をしにいらしたんですか？　あなたの来るところではないとお伝えしたはずですが」

守田が冷ややかな目で榎本をにらむ。

「別にあなたの顔を見に来たわけではありませんよ。巽さんに会いに来ただけです。……それとも門真の家では、客を取り次ぎもせずに追い返すのが作法ですか？」

が、予想はできたことで、榎本は腹を据えて返す。

「今、巽先生はあなたに会っている時間はないと思いますが？」

「巽さん本人が帰れというのでしたら、おとなしく帰りますよ。それとも、秘書の権限で門前払いしますか？」

「してみてもかまいませんよ」

不適な笑みで挑戦的に返され、ムッとしつつも榎本は必死に自分を抑えて言った。

「でしたら、どうぞ。秘書のあなたに巽さんがプライベートにまで立ち入ることを許しているのでしたらね」

おたがいに瞬《まばた》きもせずにしばらくじっとにらみ合い、やがて守田が肩で息をついた。

わずかに目を伏せ、小さく唇を噛む。それでもキッパリと言った。

「プライベート、ですか…」

「秘書は…、議員を公私ともにサポートするべき存在です。すべてを把握しておかなければ、できない仕事です」

守田にもそのプライドがあるということだ。

確かに、そうなのだろう。榎本自身は、巽のそういった「仕事」の面をあえて見てこなかったが。

榎本にとって、巽は「議員」ではなかった。

門真巽――という男。それだけでしかない。

月に一度だけ会って、榎本をいじめたり、泣かせたり、甘やかしたり。

中学の頃から、まっすぐに榎本に向き合ってくれた。

進路の相談とか、人間関係の悩みとか、そんな具体的な話をしたわけではなかったが、ただいつも、榎本の話すことはまじめに聞いてくれたし、受け止めてくれた。質問すれば率直に答えてくれた。

おたがいに駆け引きはあったが、嘘のない——そう、テレビの中で政治家の答弁をしている巽とは違う。

月に一度しか会わなくても、いつも……一人ではないと、教えてくれた。

あの一日一日は確かに自分だけのものだったのだと、今さらに思う。

「ベッドの中まで把握していると？　それとも、お相手まで秘書のお眼鏡《めがね》にかなった人間を選ぶということですか？　巽さんだって人並みに性欲はあるでしょう」

揶揄《やゆ》するように言ってから、榎本はさらりと続けた。

「もしくは、問題にならないよう、ベッドの相手を務めるのも秘書の役目ですか？　ずいぶんと役得ですね」

瞬間、サッ…と守田の頬に血が上り、すぐに青く変化していく。

「あなたに何がわかるんですかっ！」

何かが爆発するように、男の口から感情がほとばしった。険しい目が榎本をにらみつけ、ギュッときつく拳が握られる。

確かに、ひどい言葉だとはわかっていた。嫌な男だ…、と自分でも思う。

そういう意味で、自分の優位性を見せつけるみたいな。

だがやはり…、とも思う。

おそらくは秘書というだけでなく、この男は巽への思いがある。

「私は秘書ではありませんから、あなたの気持ちはわかりません」

ただ冷ややかに、榎本は返した。

それでも、想像することはできる。

ずっと昔から、この男は巽を守ってきたのだ。年下でありながら、精いっぱい腕を広げて。

その大事な先生に、榎本のような虫がついているのは我慢できないのだろう。

自分よりもずっと早く、この男は巽と出会い、ずっと側で見つめてきたのだ。むしろ、榎本が横からかっさらったと言える。

それでも感情的になった自分を恥じるように守田がわずかに視線を逸らせ、そっと息を吸いこんだ。

「巽先生のことは、二十年以上も昔から知っています。正式な秘書についたのは七年ほど前からですが…、先生は真摯《しんし》に政務に取り組んでこられました。その努力がこれから実ろうというところなんです。あなたに足を引っ張るような真似《まね》をされたくありません」

……足を引っ張っているのだろうか？

実際にそうなんだろうな…、と冷笑する。少なくとも、先日の縁談を断ったことで、マイナスにはなったはずだ。

まともに考えて、自分の存在が政治家としての巽のプラスになるようなことは何もない。

「巽さんはもともと政治がやりたかったわけではないでしょう？」

それでも榎本は低く返した。

「以前は…、確かにそうだったのかもしれません。しかし、今は違います。先生には目指しているものがおありです。そのために、どれだけ先生が苦労されて今の地位を築かれたか…、あなたにわかりますかっ？」

まともに聞かれ、榎本は一瞬、言葉を呑んだ。

議員になってからも、巽は、少なくとも榎本の前では、それまでと変わった様子は見せなかった。仕事の…、議員としての話も一切しなかった。もちろん、愚痴や何かも。

大学の講師から参議院で当選して、衆議院へと転身した巽は、公人としての比率が日に日に自由な時間を圧迫し、本当ならば月に一日とはいえ、榎本の相手などしていられたはずもないのに。

……身を退《ひ》く、べきなのだろうか？

ふっと、そんな迷いが胸をよぎる。

月に一度しか会わなかった自分が、この男より巽を知っていると言えるのだろうか…？

巽が――政治家として目指しているというものが何なのか、それさえも自分は知らないのだ。

一度、目を伏せ、榎本はそっと息をついた。

「巽さんの仕事について、私は立ち入るつもりはありません。それはあなたの領分だ。けれど、プライベートは巽さんのものでしょう。その時に誰に会い、何をするのか、それは巽さんが決めることです」

「それは…、しかし議員という仕事は公私を分けることが難しいのはおわかりでしょうっ？」

守田がいらだたしげに口を開く。が、かまわず、榎本は続けた。

「すべてを犠牲にして仕事に打ち込みたいというのなら、それも巽さんの選択ですから、私は従います。いずれにしても、巽さんがそう決めたのなら、自分の口で私にそう言うでしょう。秘書に言わせたり…、秘書を悪者にするようなことはしないはずですよ」

淡々と言った榎本の言葉に、守田がいくぶん悔しげに口をつぐむ。そして肩で大きな息をついた。

「どうぞ」

無愛想なまま、勝手口の方を指し示した。

お邪魔します、と断って、榎本は小さな戸口をくぐる。

目の前には広い庭が広がり、家屋はその緑の中にちらちらと透けてみえるくらいだ。門前もそうだったが、玄関までの小道に楓《かえで》が優雅に枝を投げかけていて、もう少し秋が深まると鮮やかに色を変えるのだろう。代々続く名家らしく、さすがに風流な造りだった。

行き着いた建物は大正モダンな雰囲気の洋館で、タイムスリップしたような気分になる。

巽は…、巽たち兄弟は、こんなところで育ったのか…、と、ちょっと感慨にふけってしまった。

静かで環境はよいのだろうが、文化財の中で生活するようで、ちょっと落ち着かない気もする。生まれた時からこの生活なら別段気にもしないのだろうが、中学で引き取られていたら、ずいぶんと圧迫されたんだろうな…、と内心でため息をついた。

歴史と名門の重さ。それを感じながら、ずっと育ってきたのか。

十五の時——。巽の説得に負け、あるいは巽が譲らず、自分がここに来ていたとしたら。

自分は今、どんなふうに生きていたのだろう、と、ふと思う。そして、巽との関係はどうなっていたのか。

まわりに追い立てられるまま、政治家を目指していたとは思えないから、おそらく自由になれる年になれば、さっさと家を出ていたのだろうか。それとも、母の入院費やら自分の進学資金やらで、がんじがらめにされていたのか。

巽は——海外へ行く予定だったようだから、ほとんど顔を合わすことはなかったはずだ。

それでも時折帰ってくる「叔父さん」と、どんな関係になっていたのか。

もしかすると、憎んでしまったのだろうか。自分の人生を変えた男を。

中は和洋折衷な造りで、玄関先で靴を脱ぐと、中へ入り、こちらです、と迷いなく守田が先に立って案内する。

二階建てだったが、向かった先は一階の奥だった。建物を取り囲むような美しい庭園は、どこからでものぞめるようだ。

数人の使用人とすれ違い、その都度、きっちりと立ち止まってしっかりと会釈される。

執事がいても不思議ではない雰囲気だが、数多い秘書の一人がその代役なのかもしれない。

「バカげていると思いませんか？　あなたはこの家の主《あるじ》になる権利を放棄したんですよ？」

前を向いたまま、守田が冷ややかに口にする。

「維持が大変そうですからね。それに、もし私がこの家で政治家になっていたとしたら、あなたは私の秘書になっていたということでしょうか？」

さらりと返すと、守田がむっつりと黙りこむ。

おそらくこの男は、巽が政治家として門真のあとを継ぎ、自分が秘書としてその右腕になることを、ずっと願ってきたのだろう。だとすると、巽を政治家にした自分に感謝してほしいくらいだ、と思わないでもない。

やがて一番端の部屋の前で立ち止まり、少しばかり控えめに守田がノックした。はい、と聞き覚えのあるやわらかな返事を待ってからドアを開き、わずかに横へよって、榎本を先に通す。

真正面の大きな窓はやはり庭に面しており、やわらかな日差しが入りこんでいた。

アンティークな調度の並ぶ、落ち着いた室内だ。

巽の部屋だろうか――、と当然、榎本は思っていた。

実際、イスにすわっていた巽が顔を上げ、榎本を認めて、やあ、と微笑んだ。

だが巽がすわっていたのは、ベッドの脇だった。

この部屋には不似合いな、いかにも機能的な、介護用のベッド。

そして、そこに寝ていたのは――。

瞬間、榎本は息を詰めた。

不意打ちだった。

おそらく、狙ってのことだったのだろうが。

榎本が来るのをわかっていて、初めからここに案内させたのか。

「ずいぶんなやり方ですね…」

思わず巽をにらみ、低く榎本はうなった。

「来たのは君だよ」

が、すかした顔であっさりと巽が返した。

さすがに政治家らしく、面の皮は厚い。

「だが、タイミングが悪かった。兄は眠ったところでね」

そんな言葉に、榎本は思わず息を吐いた。

無意識にそっと、ベッドにいる男の様子をうかがってしまう。

髪はほとんど白く、顔には皺《しわ》も多い。喉元や肩は骨っぽく、痩《や》せた身体がシーツ越しにもうかがえる。

似ている、だろうか？　自分と。

目を閉じているせいか、正直、よくわからなかった。

ずいぶん昔、まだこの男が政界にいた時、何度かテレビで顔を見たことはあったはずだが。

「出ようか」

無意識にじっと見つめていた榎本は、やわらかく声をかけられてハッとする。

「家の中を案内しようか？」

廊下に出てからさらりと聞かれ、榎本は首を振った。

「いえ。……そうですね、巽さんの部屋は見たいですね」

榎本にしても、巽が育った部屋というのは興味がある。まあもちろん、成人してからほとんどマンション暮らしだったらしい巽だから、あまり生活感はないのかもしれないが。

「いいよ」

微笑んで、巽が先に歩き出した。

守田はいつの間にか姿を消しており、榎本は巽の背中をじっと見つめてしまった。

家の中だが、きっちりとしたスーツ姿だ。訪問客が多いせいだろうか。自分のマンションにいる時の巽は、もっとリラックスした様子だった。

「ここだよ」

巽が案内してくれたのは、二階の一室だった。

十二畳ほどの洋室で、一角にベッドがあり、クラシックな雰囲気の勉強机や本棚。整理もされ、すっきりと物が少ない部屋だ。もっとも、今はほとんど使っていないせいかもしれないが。

「たいしておもしろくないだろう？　マンションの書斎とあまり変わらないしね」

「そうでもないですよ。こちらを使っていたのは高校生までなんでしょう？　巽さんの読書傾向がわかりますし」

参考書や経済、外交などの固い本に、乱歩やらクィーンやらが混じる本棚をのぞきながら言った榎本に、背中から苦笑するような声が返る。

「本当にまずい本はそんなところにおいておけない」

「なるほど」

ここの家庭ならば、いちいち親が見に来ることはなさそうだが、お手伝いさんの掃除は毎日入りそうだ。

と、いきなり背中が重くなったかと思うと、身体が縛りつけられるように大きな腕がまわってくる。

「来てくれてうれしいよ」

肩に顎が乗せられ、耳元でささやくように言われて、榎本はくすぐったさにわずかに肩をすぼめた。

「私はハメられた気がしていますけど？」

「気のせいだよ」

少しばかりトゲトゲしく返した榎本をなだめるように、唇がたどるように首筋に触れる。

さすがに、ざわり、と肌が震え、それでもなんとか息をこらえ、強いて何でもないように榎本は口にした。

「……かまわないんですか？　ご自分の実家で、こういうことは」

「多少、背徳感があるのがいい」

男の腕が腰のあたりに下がりながら、肩口でクスクス笑う。

「ほら、若い頃ならあるだろう？　両親の留守に家に恋人を引っ張り込んで、こっそりといかがわしいことをしたりね」

「いかがわしい、ですか…」

ずいぶんと古風な言い回しだ。

「そういうスリリングな体験をね、したことがなかったから」

それはそうだろう。こういう家なら。いつなんどき、誰が通りがかるかもわからない。

だがむしろ、代議士などしている今は、それよりももっとスリリングな日常のはずだった。ほんの些細《ささい》なミスで揚げ足をとられ、プライベートでも鵜《う》の目鷹《たか》の目でアラを探されて。

榎本の方はむしろ自宅でも一人のことが多かったから、考えてみれば連れこみ放題ではあったのだろう。実際、真城や志岐はよく遊び来ていた。

「そういえば、君は……どうだったの？　学生の頃は」

「何がですか？」

ふと思いついたように聞かれ、榎本は首をかしげた。

「いや、だから…、つまり、親がいない間に誰かを家に連れこんだりしたことがあるのかな、と」

いくぶん口ごもるような問いに、榎本は大きな腕の中でゆっくりと振り返り、じっと男を見上げた。

「そんな甘酸っぱい経験とは無縁に来ましたよ。思春期の性的好奇心は満たされていましたから。

……誰かのおかげでね」

「ああ…、そう。……それはよかった」

わずかに瞬きして、巽がにっこりと笑った。

「よかったんですか？」

「うん。私の主観ではね」

眉をよせた榎本に、とぼけた様子で巽が言った。

「青少年の健全な成長に一役買ったわけだ」

「むしろ、親が留守の家に恋人を連れこんで、見つかりそうになってあせる、という健全なプロセスをさせてもらえなかったことが不健全だったと思いますけどね？　その代わり、中年男のマンションに連れこまれて、好き放題もてあそばれていたわけですし？」

「……人聞きが悪いね」

さすがに視線をあさっての方に飛ばして、巽が咳払《せきばら》いをする。

「君だって…、その、楽しんでなかったわけじゃないと思うが」

「ええ。ですから、もしもあなたが淫行《いんこう》で告発されることがあれば、証言してあげますよ。巽さんはとてもうまくて、一からやり方を教えてくれました。とても気持ちよかったです、ってね」

「ある種の名誉だけは守られそうだね」

皮肉な榎本の言葉に、巽がため息とともに肩をすくめる。そしてそっと手を伸ばし、指先で榎本の髪を優しく撫でた。

「……それでも、私はあの時の選択を後悔するつもりはないけどね」

そのやわらかな声、穏やかな表情に、ドキリとする。

それは榎本との関係のことなのか、あるいは政治家になったことなのか。

ふわり、と唇に熱がかすめた時、ドアがノックされた。

ハァ…、と息をついて、巽が身体を離す。

「どうしたの？」

淡々と応えた巽に、ドア越しに守田の声が届く。

「先生、お客様がおみえです」

「誰？」

「土居《どい》様と水谷《みずたに》様が…、別々にいらしたのでしょうが、ちょうど玄関口で一緒になられたようで」

ああ…、といくぶん渋い顔で巽がうなった。

うれしくない客のようだ。

「すぐ行くよ」

それでもそう答える。

「やっぱり、来客は多いんですね」

「まぁねぇ…。本家に来る客は、議員会館へ来る客とはまた違った難しさがあるかな」

親族か、後援会関係あたりだろうか。

やれやれ、と首をまわした巽に、榎本はさらりと言った。

「では、私はおいとまします。巽さんの顔を見に来ただけですし。……義務としてね」

考えてみれば、恋人になったからといって、その契約が破棄されたわけではなかった。

そう、巽の方から切らない限り。

「こちらの話が終わるまで待っていてくれないかな？　一緒に出られると思うよ。……それまでには、兄も目を覚ますかもしれないしね」

穏やかに言われ、榎本は無意識に視線を逸らした。

「俺は……、あなたに会いに来ただけです」

「うん。だが、ついでに会っていって悪いわけじゃないと思うけどね。……私の、兄に」

——父親としてではなくとも。

そんな言葉が聞こえるようだった。

「私の大事な子を、世話になった兄に紹介したいんだよ」

榎本は思わず唇を噛む。

卑怯《ひきょう》な言い方だった。いかにも政治家的な。

そんな言われ方だと、拒否する言葉がない。

「いいんですか？　あなたとの関係をしゃべっても」

「まぁ…、それはできれば遠慮してほしいけどね。少なくとも今は、兄のコンディションがいいとは言えない」

拗ねたように返した榎本だったが、苦笑してさらりと言われ、榎本は逃げるようにちらっと時計に目を落とした。

が、機先を制するように巽が口を開く。

「今日は、他に何も予定は入れていないだろう？」

五日、なのだから。

さらりと言われ、榎本はそっと息をついた。

「わかりました。でもあまり時間がかかるようでしたら、エスコートに帰っていますから」

「わかったよ。……ああ、それまで、君は家の中を自由にしてくれていいからね」

そう言うと、榎本を残して巽は部屋を出た。

それからしばらく巽の部屋で過ごし、昔の賞状とか、教科書の書き込みとかを眺めていた榎本だったが、やがて廊下へ出ると、家の中をゆっくりと歩いてみた。

吹き抜けから見る玄関ホールも美しく、やはり文化財級の家なのかもしれない。

ゆっくりと広い階段を下りていくと、いきなり高い男の声が耳に飛びこんできた。

「英一朗の息子が来ているというのは本当かね⁉　なんだって、今さら……！　どうせ、財産目当てに決まっているが」

「かまわんじゃないか。引き合わせてもらいたいもんだね。英一朗くんの息子なら、門真の跡取りとして申し分ないわけだし。……巽くんが、まさかこの年まで嫁をもらわんとは思ってもいなかったしな」

そして別の男の、いかにも皮肉な言葉も。

どうやら玄関脇の、応接室からのようだった。ドア越しだが、かなり響いている。

「別にこれからでも遅くはないだろう。晩婚の時代だからね」

「そうは言うが、この間は、小坂の娘との縁談を蹴ったんだろうが？」

「あれはそれなりの事情があったからで…。そうだな、巽くん？」

巽の声はほとんど聞こえず、他の二人がおたがいにわめくように言い合うのを、のらりくらりとなだめている感じだった。

まったくの他人事でないにしても、実質的には関わりのない話で、榎本はわずかに眉をよせた。

こんなくだらない連中をいちいち相手にしているのか、と思い、……ハッと気づく。

榎本のために、だ。おそらく、自分に面倒なとばっちりがこないように、巽がいろいろと押さえてくれているのだろう。

と、気がつくと、いつの間にか目の前に守田が立っていた。

「……どうぞ。庭でもご案内しましょう」

一緒に散歩したい相手ではなかったが、逃げたと思われるのも腹が立つ。それに正直、手持ちぶさたでもあった。

「巽先生がこの年まで結婚されないとは、誰も考えていませんでしたからね。またちょっとまわりがうるさくなっているんですよ」

庭道を半歩先に歩きながら、守田が口を開いた。

「先日の…、小坂氏のお嬢さんとのお話は、結局流れたんですね？」

確認した榎本に、ええ、とうなずいてから、思い出したように付け加える。

「ああ、そういえば、その折りには先生がお世話になったとか」

襲われたのを防いだ、ということだろう。

軽く振り返って黙礼されたが、別にこの男に礼を言われることではない。

「仕事でしたからね」

さらりと返した榎本に、守田が小さく笑ってチクリと皮肉を放つ。

「先生が…、早くＳＰに警護を任せられる立場になれば、榎本さんの手をわずらわせなくてもすむのですが」

「我が社としては、ご依頼いただけるのでしたら、その方がありがたいですけどね」

「ずいぶんと費用はかかりましたが、……まあ、先生の命には代えられませんし」

苦笑した守田に、榎本はちょっと首をかしげた。

「金庫番もあなたがしているんですか？」

「いえ、経理は別ですよ。あの時の費用は先生個人の口座からでしたし…、ただ税理士は同じですから」

公的にしろ、私的にしろ、金の流れは秘書に筒抜け、ということだ。つまりそれは、どこで何をしていても隠せない。

先日の箱根の費用はまだ請求していなかったが、やはりあれは仕事抜きということにしておくか、と内心で榎本は嘆息した。個人の金とはいえ、いろいろと勘ぐられるのは気の毒だ。

「私はね、榎本さん…。あなたのことはずいぶん前から知ってたんですよ。あなたのことが…、最初にこの家で問題になった時からね」

静かに守田が口を開く。

「問題、ですか。私としては、何も知らなかったわけですし、よけいな気をまわさずに、放っておいてもらってよかったんですが」

冷ややかに返した榎本に、守田がひっそりと笑う。

「もしそうしていれば、巽先生があなたと会うこともなかったわけですしね」

そう言われると、ちょっと言い返せないが、それでもうかがうように尋ねた。

「あなたとしては、その方がうれしかったのでは？」

「まぁ…、そうですね」

あっさりと守田はうなずく。

「十七年前…、ですか。当時は父が英一朗先生の秘書をしていまして、私たち一家はこちらに住み込みだったんですよ。巽先生には小さい頃からずっと可愛がってもらっていて…、でもある時から、絶対に遊んでくれない日ができてしまいました」

その言葉に、榎本はハッとした。

「毎月、五日。私の相手などはどうでもよかったんですが、ご家族や一族の大切な日だったとしても…、結婚式や法事でも、本当に顔を出すだけで帰ってしまって。それが毎月五日だと気づいたのが、いつだったのか覚えてないのですが、尋ねたことがありますよ。毎月、そんな決まった日に、どんな用があるんですか、って」

ただ、淡々と穏やかな声。

「ご褒美の一日なんだよ、とだけ、うれしそうにおっしゃってましたよ。でもちょうど、その時だったんですね。巽先生が英一朗先生のあとを継ぐと決められて。私が中学へ上がったくらいに、先生は参院へ出馬されましたから、じゃあ、私が巽先生の秘書になるんだとその頃から思っていました。それまでもずっと、バイトやボランティアで先生のまわりのお手伝いはしてましたけど、大学を出て正式に秘書になって、最初に言われたのは、毎月五日は必ずスケジュールを空けておくこと、でした。

……私も自分の学校生活に追われていてすっかり忘れていたんですけど、まだ続いてたんだな、と驚きましたよ」

なるほど、ある意味、秘書にもスケジュール調整の苦労はあったんだな…、と思う。まあ、当然だろうか。

「秘書としてはもちろん、気になるでしょう？　自分の目で確かめましたよ。朝から先生のマンションの前で張り込んで。その日、先生が何をしているのか。初めは、政治家になることを決めた代わりに、月に一日は自分の好きなことをしようと決めてらっしゃるのかと…、そんなことも考えていたんですけど。……まあ、それも当たってはいたんでしょうが、あなたと会う日だったんですね。あなたの誕生日の日に」

ふっと足を止めた守田が静かに振り返った。じっと、息を殺すように榎本を見つめる。

「あなたには……、どうしても勝てなかった」

ビクッと、知らず榎本の肩が震えた。

守田がどこか淋《さび》しげに微笑む。

「何度かね…、あえて、五日に予定を入れたこともあるんですよ。大きな視察とか、重要な人物との会合とか、食事会とか。でも、どんな大切なスケジュールだったとしても、先生は必ずあなたを優先しました。あとでどれだけ、党のお偉方に叱責《しっせき》されてもね。月に一日だけが自由にならないのなら、政治家をやっている意味がない、とおっしゃって。そのつもりでスケジュールを組んでくれ、と。実際に、その日以外は仕事に全精力を傾けていらっしゃいましたしね」

榎本はわずかに視線を落とした。

巽がどれだけの苦労をして、「五日」の日を空けていたのか、榎本も想像しなかったわけではない。

だが、実際に想像しきれてはいなかったのだろう。

榎本が自由に生きるために、巽がどれだけの犠牲を払ってくれたのか。

自分の、たった月に一日だけを引き替えに。

「楽しそうでしたよ、五日の前になると。二、三日前になると、遠足前の子供みたいにうきうきし始めて」

ぽつりと言われたそんな言葉に、ハッと榎本は息を呑む。

「こうして…、あなたとまともに会って、話してみても、……正直、あなたみたいな身勝手な人のどこがいいのかわかりませんけどね」

いくぶん投げやりに言われ、ムッとするが、正直、言い返す言葉はない。

「先生の趣味を疑いますね。もっと…、素直で従順で、先生のためにすべてを投げ出して尽くしてくれる人間もいるはずなのに」

そう言い捨てると、ふっと守田が目を逸らした。ちらっと、その目が涙に光ったように見えた。

「……私と別れるように、進言したんじゃないんですか？」

思い出して、榎本は尋ねる。それに、守田が吐息で笑った。

「あれは、先生に頼まれたんですよ。あなたのところに行って、刺激してきてくれ、と。へそ曲がりだから、そうすればきっと、あなたの方からここに来るとおっしゃって。ま、その通りだったみたいですけど」

「巽さんが…、あなたに？」

榎本は思わず眉をよせる。

やはりいいように転がされたのか、と思うとちょっと悔しいが、それにしても巽は、守田の気持ちを知らず、それを頼んだということだろうか？

だが…、これほど身近に接していて、人の気持ちに聡《さと》い巽が気づかないでいるとは思えない。あえて知らないふりをしているとしても、だ。

……それとも、本当に、あえて、だったのだろうか？

実際に榎本に会わせることで、守田の気持ちにケリがつけば、と。

いや、あるいは、あの日――箱根から帰った翌日、玄関先でわざわざ榎本にキスしたのは、この男に見せるため、だったのかもしれない。迎えに来る時間をはかって、榎本を送り出して。

「ま、いいですよ。私もあなたに言いたいことは言えましたしね」

どこかサバサバとした調子で守田が言った。そして、ふっとまっすぐな視線を榎本に向けてくる。

「先生が議員を続ける以上、秘書は絶対に必要ですし、あなたより私と一緒にいる時間の方が絶対的に長い。……それに、いずれ、先生の目が覚めるかもしれませんしね」

口元で笑って、いかにも挑戦的な眼差しを突きつけた。

目が覚めるとはどういう意味だ——、とむっつりと思いながら、榎本はぴしゃりと言い返す。

「私は巽さんに議員としての価値しか認めていない人間とは違いますからね。別にスキャンダルにまみれてあの人が政界を追われたとしても、私は巽さんを受け入れます」

「そんな…！　そんなつもりはありませんよっ。先生は人間としても素晴らしい方ですからっ」

さすがにあせったように、守田が声を上げる。

ふん、と榎本は鼻を鳴らした。

その人間的に素晴らしい方が、中学生の実の甥に手を出したんだぞ、と冷静に指摘してやりたいところだ。

守田が勢いこむように続けた。

「先生のことは誰よりもよくわかっています。つきあいで言えば、私の方があなたよりずっと長いわけですしね」

——むか。

「つきあいの深さで言えば、私の方が上でしょう。それともあなた、ベッドの中までつきあったのかな？」

いかにも挑発的に、榎本は相手を見てにやりと笑う。

「ええ、もちろん。何度もね」

「な…」

しかしにっこりと微笑んであっさりと返され、思わず目を剝《む》いてしまった。

「なんでしたら、巽先生にお聞きになったらいいでしょう」

余裕を見せるようにそう言うと、前を向いて守田は再び歩き出した。

「とにかく私は、先生が議員を続けられている以上、これからもずっと支えていく覚悟ですから」

前を向いたまま、きっぱりと守田が言った。

……それは別にいい。

いや、正直、気にはなるが、榎本がとやかく口を挟む領域ではない。

が、ベッドの中うんぬんは聞き捨てならなかった。

はったりに……決まっている。

そうは思うが、やはりスッキリしない。

「守田さん」

と、その時、前の方から使用人らしい一人が小走りに守田に近づくと、軽く榎本に会釈をしてから、守田の耳元で短く何かをささやいた。

うなずいて、ありがとう、と守田がそれに返す。

連絡に来た使用人は先に帰り、守田が榎本を振り返った。

「英一朗先生が目を覚まされたそうです。お会いになりますか?」

「あ…」

淡々と聞かれ、榎本は一瞬、息を呑んだ。とっさに迷い、それでもため息とともにうなずく。

「ええ」

ここまで来て、逃げるわけにもいかない。そんな気持ちだった。

守田がさっきの、英一朗の部屋まで案内してくれる。ノックに応えるように、中からドアが開かれた。

ドアを開いてくれたのは、なんとなく、使用人か、あるいは巽か、と思っていた。

が、守田の一歩後ろにいた榎本は、目の前に現れた人間に思わず目を見張る。

五十代なかばの、上品な和装の女性だった。

あっ、と思う。

英一朗の――妻だ。もちろん、いるはずだった。

彼女が守田にうなずき、そして榎本を見た。

じっと静かに榎本を見つめ、やがて丁寧に会釈してくる。

「榎本さんですね。来てくださってありがとう。ずっと…、あの人、あなたに会いたがっていましたの。口には出さなかったけれど」

戸口から廊下へ出て、彼女が小さな声で言った。

驚いた。正直、この立場の人から礼を言われるとは思わなかった。

「あの人は、私にも……佐和子《さわこ》さん、でしたかしら、あなたのお母様にも遠慮していましたから」

そう言って、小さく微笑む。

「小さい頃のあなたの写真、何枚か大事に隠し持っているのよ。何も隠さなくてもよろしいのにね。興信所に頼んで撮らせたみたい。……でも、ここ十数年くらいのものは、巽さんが時々、あの人に渡してくださっているようで」

そういえば、時折巽の部屋で、携帯で写真を撮られていたことを思い出す。

ベッドの上での怪しい写真ではなく、制服姿のものが多かったから、「さすがに議員さんが条例に引っかかるとヤバいですか？」とからかったことを覚えていた。

どうぞ、とうながされ、榎本はゆっくりと部屋に足を踏み入れる。

そのままドアは閉ざされ、二人きりで残されて、榎本はそっと息を吸いこんだ。そして、ベッドに近づく。

脇に立って、どこかおそるおそるのぞきこむと、男は目を閉じていた。

また眠ったのか…？　と無意識にホッとしつつ、じっと寝顔を見つめてしまった。

なんとなく、年をとったな…、と思ってしまうのは、昔、巽にこの人が父親だと聞いた頃、テレビ中継などで思わず顔を眺めていたせいなのだろう。やはりあの頃の印象が強く、引退してからはメディアに出ることはなくなっていたわけで、榎本としてもひさしぶりに見る。

昔はもっと精力的で、颯爽《さっそう》として見えたものだが。

と、ゆっくりと男のまぶたが持ち上がり、榎本は思わず息を詰めた。

まともに顔を見て、やっぱり巽に似ているな…、と思う。皺などもずいぶんと深いが、巽もいずれこうなるのだろうか。

男は何度か瞬きをし、榎本の姿をとらえて、しかし、しばらくはぼんやりとしているようだった。

「和佐……？」

やがて焦点の合った目がわずかに見開かれ、ちょっと驚いたようにかすれた声がこぼれる。

ビクッと肩が揺れ、反射的に起き上がろうとした様子に、榎本はあわてて言った。

「どうぞ、寝ててください」

言ってから、榎本の方が側にあったイスに腰を下ろす。

そっと息をつき、何度か瞬きしてから、男が長い息を吐いた。

「そうか…、巽が連れてきてくれたのか……」

思っていたよりも、しっかりとした声だ。

「巽とは……、仲良くやっているようだな」

どういう意味だかわからないが——いや、言葉以上の意味はないのだろう、英一朗の言葉に、ええ、とだけ、榎本はうなずく。

「十……、何年前かな。いきなりおまえと会ってきたと言われて…、驚いたよ。そして、それまで嫌がっていたあとを継ぐと言い出してね。おまえと約束したから…、と。中学生の子供が、いったい何と言って巽を説得したのかと思っていたが」

「私が嫌がったからですよ。だから、巽さんが代わりに引き受けてくれたんです」

「そうなのか…？　それまで、まわりの説得には一切耳を貸さなかったんだがな…」

ちょっと不思議そうに言われ、榎本はふっと、胸が詰まるような気がした。

あの時、本当に巽は自分自身の人生を変えてくれたのだ…、と今さらに思う。

榎本のために。

「すまなかったな…、和佐」

短い沈黙のあと、吐息のように男が言った。

榎本を捨てた形になったことか、あるいは母を捨てたことか。

だが、……そう、榎本にとっては自分の問題ではなかった。自分は母に育てられ、何か不自由をした思いはない。

ただなにより、母を捨てたことが許せなかった。いや、わかっていて母に手を出したことが、と言うべきかもしれない。

だがそれは母が怒るべきことで、……その母はこの男に対して恨み言を言ったことはなかった。

おそらくそれに、いらだっていたのだろうか。

「あなたと、母との間のことです」

淡々と、榎本は口にした。

それに目を閉じて、噛みしめるように男がうなずいた。

「佐和子が君を産んだことが、私への思いだったと思っているよ。正直、うれしかった。君からすると、無責任に思えるだろうけどね」

では、母が産むことを、この男は反対しなかったのだろうか…？

少し意外な気がした。

「君を引き取りたいと言ったんだ…。だが佐和子は手放さなかった。君だけは取り上げないでくれ、とね。決して迷惑はかけないからと」

「いい母でしたよ。あなたのことは、一度も話しませんでしたけど」

泣き言や愚痴も聞いたことがなかった。ずいぶんと苦労はあったはずなのに。

「恨んでいるんだろうね…」

そっと息をついてから、男が静かに榎本を見上げた。

「あやまってもらう必要はありません。私は不幸だったわけではありませんから」

答えてから、榎本はじっと男の顔を見つめ直した。

「こうしてあなたに会って…、巽さんに似ているな、と思いました。それが私の三十二年です」

その言葉に、男が二、三度瞬きし、そしてわずかに視線を落とした。

「そうか……」

榎本の言いたいことがわかったのだろう。

巽が、兄に似ているのではない。榎本にとっては、この男が巽に似ているのだと。

それだけ、榎本の中では実の父親より巽の方の存在が大きいのだと。

手厳しい、たった一つの恨み言だった。

「感謝していますよ」

それでも知らず、そんな言葉がすべり落ちていた。

「生み出してくれたこと、巽さんに……会わせてくれたことも」

「巽がずっと父親代わりだったのか…。うらやましいな」

男がそっとまぶたを閉じる。

「父親ではなかったですけどね。……まあ、いい叔父でした。いろいろと助けてもらいましたし」

小さく笑って榎本は返した。

それに英一朗が何度かうなずく。

と、小さなノックがして、遠慮がちにドアを開くと、巽が顔を出した。

やあ、と榎本の姿に顔をほころばせる。

「具合はどうですか？」

ベッドに近づいて、兄に声をかける。

「ずいぶんといいよ」

それに英一朗が微笑んでうなずいた。そしてどこか意地の悪い調子で言う。

「おまえはずいぶんと和佐に懐かれているんだな…」

「そうですか？　それはうれしいですね」

とぼけたように巽が返した。

そんな茶番に肩をすくめ、榎本は立ち上がった。

「では、私はこれで」

「和佐」

呼び止めた英一朗の手が、とっさに榎本の腕をつかむ。そしてハッとしてようにすぐに離し、何か言葉を呑んでから、結局「ありがとう」とだけ口にした。

「失礼します」

と、榎本は頭を下げる。

巽とともに部屋を出るのと入れ違いに、さっきの夫人とすれ違い、軽く会釈を交わす。

「よろしければ、またいらしてください」

そんな言葉が肩に掛かった。

「送るよ。……というか、今日は君のところに泊まってもいいかな？」

横に並んだ巽が、玄関へ向かいながら何気ないように聞いてくる。

「好きにすればいいでしょう」

少しばかり騙《だま》されたという気持ちで、むっつりと榎本は返す。

「ああ…、車を出すから」

玄関先で言われて、榎本は眉をよせた。

「あの秘書の運転なら嫌ですよ」

「守田？　彼は運転手をするほどヒマじゃないよ」

あっさりと言い、実際に別の、どうやら専任の運転手がいるようだった。

ブルジョワめ…、と内心でうなる。

その運転手がいたせいか、車の中ではほとんどしゃべらず、「エスコート」の自分の部屋にもどってきて、ようやく肩の張りが解けた気がした。

五日――。

二人きりになって、ようやくその「日常」がもどった気がする。

「……ああ。食べるものが何もないですけど」

シャワーから上がり、タオルで髪を乾かしながら、思い出して榎本は断った。

そうでなくとも、榎本の部屋の冷蔵庫には、ふだんからスイーツと飲み物しか入っていない。

「いいよ。あとで食べに出るか、何かとっても」

スーツは脱ぎ、ネクタイも外して、すでに自分の部屋のようにソファでくつろいでテレビを眺めていた巽が、リモコンで電源を切り、手招きして榎本を呼びよせながら言った。

おとなしく側に行くと、背中を向けて足下にすわらされ、後ろからタオルで髪をゴシゴシと乾かしてくれる。しかし不器用に指がメガネのツルに当たるので、榎本はメガネを外して前のテーブルに避難させた。

「今日は来てくれてよかったよ」

背中で静かに言われ、榎本はふん、と鼻を鳴らした。

「そう仕組んだんでしょう？」

巽が小さく吐息で笑う。

「会ってよかった？」

「ええ…、そうですね」

少し、喉に引っかかるように榎本は答える。

――初めて、父に会ったのか。

ようやく、そんな感慨が心に浮かんできた。

父親――という存在を、榎本はずっと考えないようにしていた。

ずっと幼い頃は、確かに自分にいないことを不思議にも、悲しくも思っていたが。恨んだことも、あっただろう。もう忘れてしまったけれど。

実際、母子家庭だったからこそ、ここまでこられたのかもしれない。父親がいないということを、ハンデにはしたくなかった。

それでも、……会いたかったのだろうか？

自分でもわからないまま、ふいに涙が溢《あふ》れていた。

生まれてきたことをうとまれていたわけではないと、それがあの人の口から聞けた。

ただ、それだけで十分だったのかもしれない。

気にしていないふりで、無関心なふりで、やはりそんなことが気にかかっていたのか。

「和佐」

頭の上からタオルが掛けられ、その上からのしかかるように、巽がすっぽりと両腕の中に榎本を抱きこんでくる。

しばらく、そのまま泣かせてくれた。

あの日——母が亡くなった日と同じように。

優しく髪が撫でられ、しっかりと抱きしめられて。

やがてこめかみに軽くキスが落とされ、後ろからまわってきた指がパジャマのボタンをあたりまえのように外していく。

「また…、会いに来てもらえるとありがたいね。別に死に際というわけでもないんだし、兄も徐々によくなってはいるから」

「……ずいぶんと危なそうなことを言ってませんでしたか？」

思わず榎本は眉をよせた。

「闘病中なのは間違いないよ。難しい病気だし」

すかして言われ、榎本は内心でうなった。

……まったく、これだから政治家はっ。

と、思い出した。

わずかに肩がはだけさせられ、鎖骨のあたりで這《は》い始めた指を榎本はぎゅっと押さえこむ。

ん？　と白々しく首をひねった男を、榎本は肩越しにちろっと眺めた。

「そういえば、守田さんとベッドの中までつきあったことがあると聞きましたけど？　前に男と経験があるとか言ってましたけど、あれ、あの秘書さんのことでしたか？　てっきり、教え子かと思ってましたけどね」

「え？」

驚いたように巽が目を丸くする。

「いや、真治くん…、守田とそんな関係はないよ。それに教え子に手をつけたこともないけどね」

「でも、ずいぶんと自信満々に言ってましたが？　何度もベッドをともにしたことがあると」

やっぱりはったりだったのか、と思ったが。

思い出したように、巽がうなずいた。

「……ああ。そういえば、昔、守田が小学生の頃までは、たまに私のベッドの中に入りこんできたことはあったけどね。キャンプで一緒にテントに泊まったこともあるし。それがどうかしたの？」

首をかしげ、そして、ははん、というようにちらっと口元に笑みを浮かべて、白々しく巽が言う。

「……何でもありませんよ」

視線を漂わせながら、榎本はむっつりとうなった。

そんなオチかっ、と内心でムカつきながら。

「まさか、妬《や》いてるの?」

にやにやと言いながら、男の指がくすぐるように喉元を撫で、鎖骨をたどってくる。

「違いますっ」

あんなガキにっ。

クスクスと巽が耳元で笑った。

「うれしいね…、ずっと年下の子に妬いてもらえるのは。自信がつくよ」

「自信しかないくせに」

ふん、と榎本は鼻を鳴らす。

「そんなことはないよ。君がいつ、もっと若い男がよくなるのか、ハラハラしてるのに。私なんか、金と権力にものを言わせて、君を甘やかしてやることくらいしかできないからね」

ずうずうしく言いながら、男の唇がうなじを這い、首筋になめるようなキスを重ねてくる。

「だったらもっと…、甘やかしてくれる時間をとってください。恋人と秘書と、どちらが大事なんですか、……とかいうことを、聞きたくはありませんからね」

ざわり、と肌の奥でうごめき始めた熱を抑えながら、榎本はそんな言い方で聞いてしまっている。

どうしても聞いてしまいたくなる。

吐息で笑い、巽の腕がぎゅっと縛りつけるように身体を抱きしめた。

「秘書は大事だよ。頼りにもしている。必要な人間だしね」

さらりと言われ、榎本はちょっと唇を噛んだ。

「恋人と秘書の重さも…、フィフティ・フィフティというわけですか？」

「そうだね。ただの恋人だったら、そうだったのかもしれないけどね」

その言葉に、榎本はふっと、男の腕の中で身体をまわした。

正面から向き合うと、巽が指先でそっと榎本の前髪を撫でてくれる。

「ただの恋人でなければ、何なんです？」

「うーん…、十五の時から手塩にかけた、カワイイ恋人かな」

「自分好みに育てたと？」

いくぶんうさんくさく聞き返した榎本に、巽が喉で笑った。

「それもあるかな。まあ、おもしろく見てたら、いつの間にかこうなってたんだけどね」

「失敗作というわけですか」

むっつりと言った榎本に、いやいや、と巽があわてたふりで首を振る。

「私の想像以上だったということだよ」

いかにも疑わしい。が、深くはつっこまないことにする。

「俺といて、楽しいですか？」

「君といる以上に楽しい時はないね」

あっさりと答えられる。

「狸親父《たぬきおやじ》どもと駆け引きするよりも？」

ああ…、と巽がちょっと肩をすくめた。

「そういうのは、また別種だな。でも、君との駆け引きが一番楽しい。……今も私は仕掛けられてるのかな？」

じっと両手で顎をとられ、顔がのぞきこまれる。

榎本は静かに首を振った。

「あなたの邪魔をしたくはありません。あなたが本当にやりたいことがあるんでしたら、俺のことは…、いつでも切ってもらってかまいませんよ」

「恐いね」

巽がわずかに眉をひそめ、ぽつりとつぶやいた。

「君のことは手放せないと言ったはずだよ？」

「でも、巽さんには政治家として目指すものがあるんでしょう？」

そうでなければ、これだけ精力的には働けない。つぶさに見ているわけではないが、巽の仕事量はわかっていた。……あの秘書に言われなくても。

仕事量だけでなく、その大変さも。

好き勝手に要求を突きつけてくる陳情や、権威に必死にしがみつこうとする老害や、利権に群がる亡者ども。そんな魑魅魍魎を手なずけ、蹴散らすのにどれだけの労力が必要なのか。

「まぁね…。だが、そんなに大層なものじゃない」

肩をすくめ、それにあっさりと巽が言った。

そして手のひらで包みこむように、榎本の頬を撫でてくる。

「ただ君を守りたいと思っているだけだよ。これからも、ずっと」

その言葉に、榎本はわずかに目を見開いた。

「昔、一人で母親を守っていた頃の君とか。君の仲間たちの生活を守っている、今の君とか。何というか…、普通に君が笑って生きている日常の生活をね。それだけだ」

――ただ、それだけのことをするために、国家政策規模で動くのか。

「ずいぶんと……スケールが大きくないですか？」

少しばかり呆然《ぼうぜん》と、榎本はつぶやく。

「みんなやっていることだよ。ただ、私のフィールドがたまたま政治にあっただけでね」

それにあっさりと巽が答えた。

「すごい…、俺は国家的に最重要人物の一人ですね……」

笑いそうな、なぜか泣きそうな思いで、榎本は震える声を絞り出す。

「うん。そうだね。少なくとも私にとって、この子にはそれだけの価値があるから」

そう言うと、巽が両腕を伸ばし、榎本の身体を抱きしめると、ソファに引っ張り上げた。

「おっと…」

もつれ合うようにソファへ倒れこみ、榎本がなかばのしかかる形になる。

下から榎本の身体を支えたまま、巽の指がそっと榎本の前髪をかき上げた。

「君は恋人というよりも…、大事な伴侶《はんりょ》で、家族で、……私の人生の半分だよ。君がいなかったら、政治家なんか辞めてる。何も…、守る必要がないのならね」

ただ静かな、穏やかな声に心が波立つ。

十五の時に出会って、ずっとこの人に守ってもらっていた。そのことはよくわかっていた。

——それでも。

これほどひょうひょうと、自分の人生を賭《か》けてくれたとは思ってもいなかった。

出会った頃から、本当にどれだけ愛してもらっていたのか。

「巽さん」

榎本は反射的に男の襟首をつかんでいた。

「うおっ…、……うん？　なんだい？」

いきなりのその勢いにわずかにおされるように、巽が目を瞬かせる。

「俺もいい年になりましたし、巽さんもそろそろ五十の大台に乗るわけですから、一人でがんばらなくてもいいですよ」

「まだ四十六だよ…？　政治の世界じゃまだまだ若手だよ」

いささかふてくされて、巽がうめく。

かまわず、榎本は言った。

「可愛い上に有能な恋人が、これからも献身的に尽くしてあげますよ」

ほう？　と巽がちょっと楽しげに顎を撫でる。

「うれしいね。何をしてくれるのかな？」

「手始めに、政治献金でもしましょうか？　確か、今は個人だと年に百五十万まででしたっけ？」

ハハハ…、と巽が肩を揺らした。

「それはありがたいね。だが、ボランティアで人材提供をしてもらえると、もっとありがたいかもしれないな」

「休日のゴルフ要員ですか？　供応《きょうおう》接待にあたりませんかね」

「今のところ、君の会社に便宜を図るようなこともないからねえ…。ああ、警視庁からの天下り先になっている気はするけど」

確かに、エスコートのガードにはＳＰ出身者が多いが、ある意味、それは必然だった。縁故採用が基本のガード部門なので、たいてい真城の紹介なのだ。

「それは、むしろ引き抜きですね。現場で使えないキャリアなんか、とっていませんから」

肩をすくめて榎本は返した。

「だいたい、四十六で独り身というのはやはり政治家としてはマイナスでしょうし。この先、結婚の予定もないわけでしょう？」

当然ながら、だ。

「ないねえ…」

のんびりと、おもしろそうに巽が返してくる。

「とすれば、金で対抗するしかないわけですしね。秘書みたいに政策や日々のサポートはできませんけど、とりあえず金と人脈で支えることにします」

「心強いね」

くすくすと巽が笑った。

「あ、五日の日のスケジュールは、ちゃんと前もって自分でチェックしてくださいよ。あの秘書、わざと予定を入れそうですから」

「ハハハ…、まさか」

「まさかじゃないですってっ」

無邪気に笑い飛ばした男を、身体を起こし、ソファに膝立《ひざだ》ちになって、むっつりと榎本はにらみ下ろした。

「でも私としては、ベッドの中で君がいやらしく乱れて、泣き顔で私におねだりしてくれるのが、一番うれしいし、癒《い》やされるよ。君にしかできないことだしね？」

パジャマ越しに榎本の足を撫でながら、イヤラシイ笑みで巽がうそぶく。

「清廉潔白な政治家とは思えない、エロオヤジのお言葉ですよ」

――癒やされる、って何だ…？

いかにもなため息をついた榎本だったが、男の指が腰を這い上がり、すでにパジャマがはだけさせられていた脇腹あたりをなぞられて、思わず息を呑む。

ざわり、と皮膚の下を危ういような痺《しび》れが走る。

「あ…」

思わずうわずった声がこぼれそうになり、必死に唇を引き結んだ。反射的に目を閉じ、腹筋に力がこもる。

それに気づいたように、巽が低く笑った。そしてそのまま、パジャマのズボンに指をかけ、ゆっくりと引き下ろしていく。替えたばかりの下着があらわになり、男の手が尻《しり》や剝き出しの内腿《うちもも》のあたりを撫でていった。

「あ……」

いくぶんもどかしい思いに、榎本は無意識に腰を揺らしてしまう。

男の指がへそのあたりをたどり、上に伸びて片方の乳首が摘まみ上げられた。

「あぁ…っ」

鋭い痛みがズクッ…と身体の奥へ沈み、反射的に身体が伸び上がる。気ままな指にもてあそばれ、あっという間に硬く芯《しん》を立ててしまった乳首がきつく押し潰され、転がされて、男の指のオモチャになる。

「早いね。もう前がきつそうだよ」

もう片方の手が膨らんだ前を確かめるようになぞりながら、時折強くつかまれて、たまらず腰が跳ねてしまう。

くすくすと笑われて、榎本は悔しまぎれに男をにらんだ。

「替えたばかりなのに、汚す前に脱いだ方がいいんじゃないかな？　それとも、脱がしてほしい？」

他人事みたいに意地悪く言われ、唇を噛みながら、榎本は下着に手をかけた。

恥ずかしさをこらえ、なんとか引き下ろすと、すでに形を変えていたモノがたまりかねたように飛び出してしまう。カッ…、と一気に頬に血が上った。

巽が身体の位置をずらし、下から見上げるような体勢で榎本の中心を口にくわえた。

「……んっ…っ、あぁぁ……っ」

甘い感触に中心が覆われ、深く呑みこまれて、そのまま口の中でこすり上げられる。と同時に伸びた指が根元のあたりを押さえこみ、双球が強弱をつけて揉《も》みこまれた。

熱い波に下肢がさらわれ、膝が崩れそうになって、榎本は反射的にソファの背もたれをつかむ。

男の舌は巧みに榎本のモノに絡みつき、くびれをなめ上げ、先端をすするようにして小さな穴を刺激する。

その姿を正視できず、榎本は無意識にパジャマの裾《すそ》を握ったまま、視線を逸らせた。

それでもいったん唇が離れる感触にホッと息をつく。が、次の瞬間、脇腹に男の腕がまわったかと思うと、そのままソファへ引き倒された。

「なっ…、……ちょっ、あ…っ」

足にはパジャマも下着も絡まったままで、まともに受け身もとれず、ソファからずり落ちそうになって一瞬、ひやりとする。

「おっと…、危ない」

あせったが、巽の腕に引きもどされて一気に体勢が逆転した。

「さすがにソファは狭いな…」

ふぅ、と息をついた男を、榎本は下からにらみあげた。

「こんなところでやることじゃないんじゃないですか…？　まったくいい年をして、サカりすぎですよ」

「我慢できないのは君かと思ったけどね。自分で下着を脱ぐくらいだし？」

毒づいた榎本だったが、いかにも人の悪い顔でにやりと笑って返され、むっつりと黙りこむ。

それを言うと、そもそもちょっかいをかけてきたのはこの男の方だと思うのだが、……結局、水掛け論だ。政治家の詭弁《きべん》には勝てない。

絡まっていたパジャマと下着が丁寧に脱がされ、パジャマの上だけが肩に引っかかった状態の榎本とは対照的に、しっかりとシャツもズボンも穿《は》いたままで涼しい顔をしている男が憎たらしい。

「私としては若い恋人に捨てられないように、精いっぱいご奉仕するだけだよ」

澄ました顔で言うと、男の手が薄い胸を這い、健気《けなげ》に突き出した小さな乳首をいじり始めた。

「ん…っ、――っ…、いた…っ！」

爪《つめ》できつく弾《はじ》かれ、押し潰された拍子に反射的に身体が伸び上がり、肘掛けに思いきり頭をぶつけてしまう。意外と痛くて、ちょっと涙目になってしまった。

「おやおや…、大丈夫？」

「大丈夫じゃありませんっ」

まったく、こんなところで始めるからだ…っ、と内心でわめきつつも、身体は男の腕の中で素直にくねりだしてしまう。

巽が手を伸ばして、髪をかき混ぜるように頭を撫で、そしてそのまま額に、鼻先に、唇にキスを落とした。

舌先が触れ合うくすぐったい感触に、頭の痛みが溶けていく。

探るように触れた舌が、次第に深く絡み合って。さらに奥深くまで入りこんでくる。角度を変えて、何度も。

こんなキスのやり方も、この男に教えてもらった。

わかっていた。

本当は……、今、榎本が手にしているものはすべて、この男に与えてもらったのだ。

全部、返してもいいくらいだった。

もともとすべて、この男のものなのだから。——自分も、すべて。

優しいキスが喉元をすべり、胸へと落ちてくる。さっき指でさんざんいじられた乳首が舌先に転がされ、ねっとりと唾液をこすりつけられて、さらに指で摘まみ上げられる。

「つっ…っ…、んっ…、あぁ……っ」

鋭い痛みが身体の芯を突き抜け、思わず身体がのけぞる。

ジンジンと痺れる胸はそのまま唇で愛撫され、甘嚙みされて、何かもどかしいような熱が下肢にたまってしまう。

反射的に閉じた膝が強引に押し開かれ、片方が無造作に抱え上げられた。

膝のあたりから、内腿にそっとキスが落とされる。

「あ…っ、……ん……っ」

ビクビクと、たまらず腰が小さく揺れる。

きわどいところまでやわらかく舌が這わされ、足の付け根がきつく吸い上げられた。

鋭い痛みに思わず息を詰めた榎本だったが、そのあとを舌でなめ上げられて、ざわっと全身に震えが走る。

「た…つみ……さん…っ」

たまらず、あえぎ声がこぼれ落ちた。

「なに？」

しかし男はとぼけるように返しただけで、さらにその痕《あと》に歯が立てられた。

「あぁ…っ！」

ビクン、と腰が跳ね上がる。その痛みが身体の芯に沈みこみ、じわじわと全身に広がってくるようだった。

まだ触れられていない榎本の中心が、あからさまに形を変えて持ち上がってくるのがわかる。

そんな榎本の反応に、巽が満足そうに喉で笑う。

「君…、ここの、内腿のところ、噛まれるのが弱いね」

「あなたが…っ」

指でなぞりながら指摘され、羞恥《しゅうち》にカッと耳が熱くなる。思わず食ってかかった。

「そんなふうにしたんでしょう…っ」

巽と出会うまで、そんなことはなかったはずだ。本当にいつの間にか、だったのだ。

「そうだね」

ほくそ笑むように男が笑う。

「他に…、君の身体にこんな癖を残すほど、つきあった相手はいないはずだからね」

この男だけだった。

大事にしてもらっていた。いつも。

——すべての「五日」の日に。

手放せないのは、自分の方だ。

離れたくない。別れることなど、考えられないくせに。

こんなに甘やかされて。守られて。

今さら……他の男に乗り換えられるはずもないのに。

「あなたの……せいですから……っ」

ぎゅっと目を閉じて、榎本はたまらず吐き出した。

全部、この男が悪い。

自分がこんなに甘ったれなのも、全部。

「そうだよ」

男は優しく肯定すると、期待に震える榎本のモノを手の中に包み、きつくしごき上げた。

「あぁぁぁ……っ」

身体の奥から沸き立つような快感に、榎本は身体をのけぞらせる。わずかに腰が浮かされ、根元の双球が口の中でしゃぶられて、すでに反り返したモノにも舌が這わされる。

先端から恥ずかしく溢れさせ、茎を伝う滴《しずく》が丹念になめとられていく。

そして抱え上げた両膝を折りたたむようにすると、さらに奥へと舌が伸びてきた。

「……んっ…、ぁ…っん…、あぁ…っ」

密《ひそ》かに息づく窄《すぼ》まりへ続く筋が何度もたどられ、くすぐるようになめられて。さらに指でこすり上げられ、その刺激にたまらず榎本の身体が跳ね上がる。

「ここも好きだね」

くすくすと笑う。

全部、この男に教えこまれたのだ。

ようやく奥の窪《くぼ》みに行き着くと、深くまで舌がねじこまれ、うごめく襞《ひだ》の一つ一つに唾液がこすりつけられる。

「あぁ…っ、——やめ…っ」

何度されても慣れないその愛撫に、榎本の腰は逃げかけ、しかし力ずくで引きもどされて、さらにたっぷりと濡《ぬ》らされた。

やがて湿った音が耳につき、恥ずかしさでたまらなくなる。淫《みだ》らな襞が、ねだるように男の舌に絡みついていくのがわかる。

それを確かめてから、男がいったん舌を離し、なだめるようにもの欲しげなそこにキスを落とした。

ホッ、と一瞬、身体が弛緩《しかん》したのもつかの間、唾液に濡れた指があてがわれ、ゆっくりと中へ潜りこんでくる。

「あ……」

その感触を肌で追いかけながら、榎本はぎゅっと目をつぶった。わずかに背中をのけぞらせる。

根元まで入りこんだ長い指を締めつけ、貪《むさぼ》るみたいにくわえこんで、やがて容赦なく引き抜かれ、中をこすり上げられる感触に酔う。

「あぁ……っ、――やっ…、まだ…っ」

と同時に、抜き取られた失望に声がもれ、しかしすぐになだめるみたいに、二本に増えた指が榎本の中をかき乱す。

「――んっ…、あぁっ…、あぁっ……いい……っ」

知り尽くした指が、榎本のイイところを立て続けに突き上げ、榎本は必死にソファに爪を立てたまま、腰を振り立てた。

蜜《みつ》を溢れさせる前に無意識に手が伸びたが、気づいた男の手で払われる。

「ダメだよ」

意地悪く言われ、茎に沿ってすべり落ちる滴が指先で拭《ぬぐ》われる。

「あぁ…っ、もっと……もっと強く……して…くださ……」

ねだるみたいに腰を揺すりながら口走ったが、男は無慈悲にそれを無視して、後ろをなぶっていた指も引き抜いてしまった。

「あぁ……っ」

喪失感に、ぐったりと榎本はソファに沈む。

ビクビクと震えながら恥ずかしく蜜をこぼす前に、確かめるみたいに男の手が触れ、指の腹で先端が揉まれた。

「あ…っ、あぁ…っ…ん…っ！」

感じきった身体には大きすぎる刺激に、たまらず榎本は腰を振り乱す。

ジンジンと、甘く狂おしい疼《うず》きが腰の奥で渦を巻く。指先できつく、奥へと続く道筋がこすられ、さらに焦燥で身体がよじれる。

ほったらかしにされた後ろが、ヒクヒクといやらしくうごめき、次の……もっと大きな刺激をねだっているのがわかる。

そんな焦《じ》れた榎本の姿を楽しそうに見つめながら、男の手が優しげに頬を撫でた。

「ベッドに行く？　それとも、我慢できない？」

耳元で意地悪く聞かれ、榎本は悔しさをにじませて男をにらんだ。

「どっちかな？」

言いながら、さらに意地悪く尖《とが》りきった乳首がひねり上げられる。

悲鳴を上げ、榎本は身体をのたうたせた。

「ここ…で……、いいですから……っ」

たまらず、涙目でうめく。

「悪い子だな」

楽しげに勝手なことをほざきながら、巽がいったん身体を離し、自分の前をくつろげる。取り出した男のモノも、すでに形を変えていた。

「あなただって十分……、悪徳政治家ですよ……っ」

悔しまぎれに吐き出した榎本の鼻を摘まみ、男の手が榎本の足を抱え上げる。

待ちわびる奥へわずかに濡れた先端が押し当てられ、榎本は一瞬、息を詰めた。そして意識的に身体の力を抜いた瞬間、中へ男が入ってくる。

「ふっ…ぁ…、あぁぁぁ………っ」

一瞬の痛みと、焼けるような熱と。そして、快感が一気に押しよせて来る。

榎本はとっさに腕を伸ばし、男の肩にしがみついた。

「和佐……」

熱っぽい、吐息のような声が耳元で溶け、強く背中が引きよせられる。

うなじがつかまれ、唇が奪われる。

「ん…、んっ……」

榎本も夢中でそれに応えた。

甘くて、激しくて。全身が満たされていくのがわかる。

身体に馴染んだ男のモノだ。

何度も突き上げられ、揺さぶられて、あっという間に榎本は弾けさせた。

少し遅れて、中が濡らされたのがわかる。

大きく息をつき、わずかに汗ばんだ身体が弛緩していったが、それでも絡み合った両腕はおたがいに離さなかった。

二人分の息遣いだけが、薄暗くなり始めた部屋にこもる。

「あ……」

ようやく身体が離され、ずるり…と男が抜けて行く感触にゾクッ…と背中を震わせて榎本は小さくうめいた。

「……うん。こうやって君を抱くためだけに、がんばって仕事をしているような気がするね」

ため息のように口にした男に、榎本はふん、と鼻を鳴らす。

「俺は仕事上がりのビールですか」

「ああ…、いいね。たまにこんなご褒美をもらえると、幸せを実感できるからね」

巽が満足げにうなずく。

「巽さんがしっかりと時間を作ってくれるんでしたら、これからは五日でなくとも、もっとその幸せを実感できるんじゃないですか？」

あの秘書には邪魔されそうだが、と内心で思いつつ、榎本は言った。

「そうだね。仕事のパターンを変えないとね」

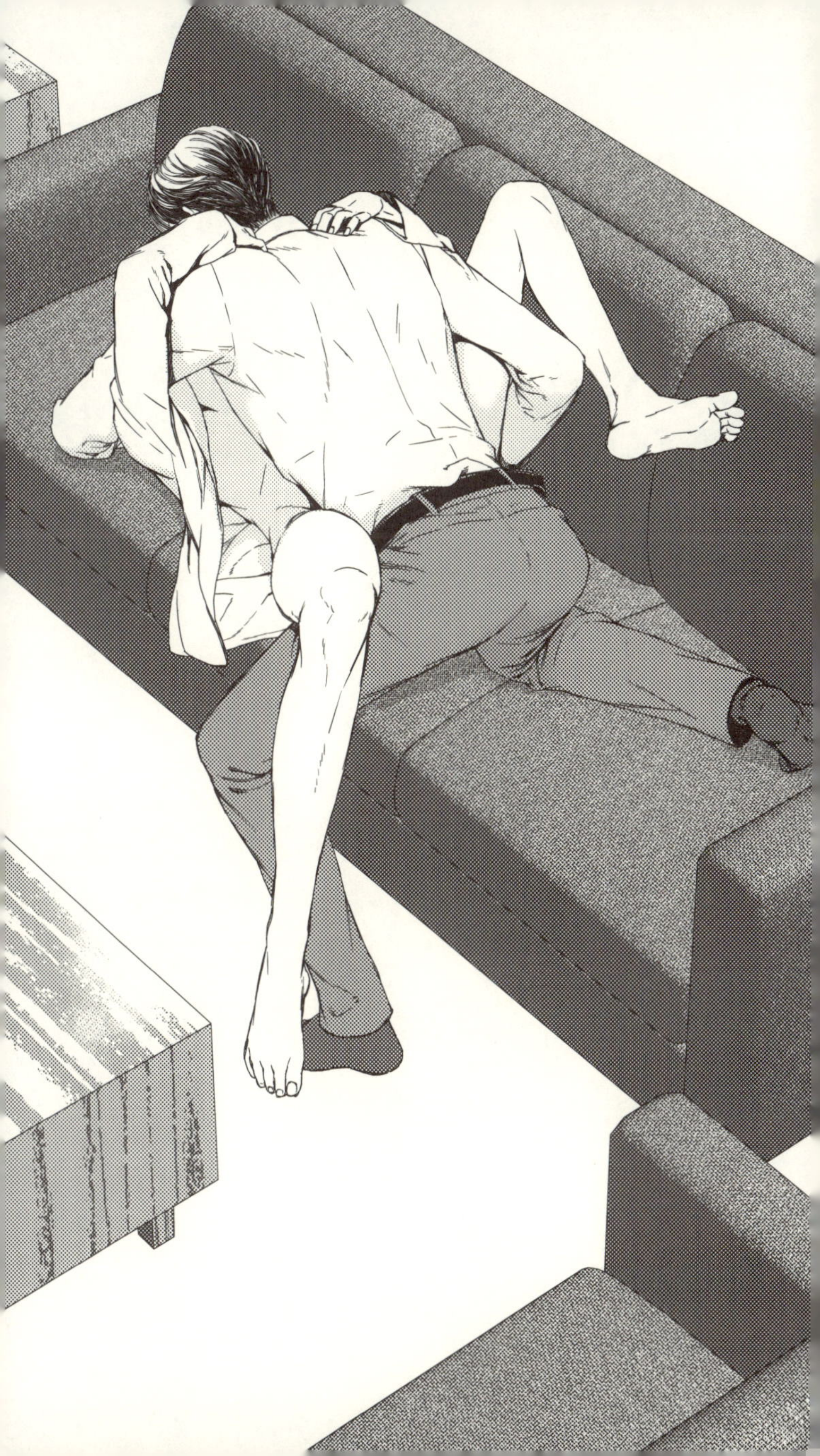

言いながら、榎本の身体を抱きしめたままだった男の指が何気ないように腰をたどり、じわじわと奥へと沈んでくる。

さっきまで太いモノをくわえていた襞は、抵抗もなく二本の指を呑みこんでいく。

一瞬身をすくめた榎本だったが、ぎゅっと目を閉じて、唇を噛みしめた。

「――あっ…、あぁ……っ」

中で指が動かされ、残っていたものがかき出されて、思わずうわずった声がこぼれる。反射的に、きつく男の肩にしがみついた。

「んっ…、あぁ……っ」

しかし後ろで指を動かすのと同時に、前も手の中に握りこまれ、榎本の身体が男の腕の中でしなり始める。

「まだまだ、だろう？　若いからね」

からかうように耳元でささやいて、そのましごき上げられる。

榎本のモノはたちまち手の中で大きく成長を始め、あっという間に硬く反り返していた。

「ご褒美を……、欲張りすぎじゃ……ないですか…？」

荒い息で憎まれ口をたたくと、卑怯にも男が爪の先で先端をグリグリといじってくる。

「あぁ……っ」

たまらず、榎本は腰を跳ね上げた。

「それだけの仕事はしているつもりだよ」

澄ました顔で言うと、溢れさせた蜜がねっとりと絡みついた指をこすりつけるようにして、榎本を追い上げていく。

「こんなところでできるだけ、私も君も、まだ若いということだしね…」

「明日かあさって…、筋肉痛になっても知りませんよ……——あぁ…、っ…ん…っ」

榎本は巽の腕に爪を立て、腰をこすりつけるようにして身体を揺らせ始める。

「考えてみたら…、恋人になったからと言って、君との契約を破棄する必要はないわけだしね…」

そんなギリギリの榎本の顔を見ながら、巽が思い出したように口を開いた。

「何……？」

しかし半分ばかり、榎本の頭には入ってこない。

「私が飽きるまで、という約束だったはずだが……、でもまだ、ぜんぜん飽きる気がしないからね」

荒い息を紡ぐ唇に、軽くキスが落とされる。

「た…つみ……さん……っ」

ジンジンと疼く腰を揺すり、榎本はねだるように肩に頬を押しつける。

「いくつになっても可愛いしね……」

「あ…、や……、ん…っ」

指で溶けきった襞をいじりながらも、しかしそれ以上のモノは与えてくれず、巽が喉で笑った。

「ベッドへ行こうか」

「あ……」

自分が泣きそうな目で男を見ているのがわかり、やっぱりちょっと悔しい。

だが拒否することは、もちろんできなかった――。


枕元でふいに携帯の呼び出し音が鳴り響き、榎本はふっと目を開いた。

目が覚めた、というわけではない。すでに起きてはいたのだ。身体がまだ、ベッドに横になっていただけで。

ゆうべはいい年をして長めの三回をこなした――つまり榎本が焦らされただけだ――男は、すでに起き出してシャワーを使っている。

それには気づいていたが、さんざん貪られた榎本はまだ身体を起こす気になれず、ベッドの中でぐだぐだしていたのだ。

その着信音は、榎本の携帯ではなかった。それこそ、榎本の携帯にかけてくるような数少ない相手は、今はバスルームにいる。

どうやら巽の携帯らしい。鳴り続けているので、どうやらメールではなく音声の着信のようだ。

朝の九時半。おそらく世間一般には早いという時間ではないのだろう。

榎本は他人の携帯を盗み見るようなことはしない。堂々と見る。

裸の腕を伸ばして携帯を引きよせてみると、発信者は案の定、守田だった。

むっつりとその名前を眺め、ピッと榎本は着信を受ける。

「もしもし？　門真の携帯ですが」

素知らぬふりで応答すると、相手が一瞬、黙りこんだ。

『……榎本さんですね？　おはようございます。守田です。昨日はわざわざ本家までお越しいただきまして、ありがとうございました』

嫌みだろう。もちろん。

秘書としての丁重な立場は崩さず、守田が淡々と尋ねた。

『先生は？』

「すみません。巽さん、今、シャワー中なんですよ」

ことさら朗らかに、榎本は返した。なんなら、「今は取り込み中です」くらい言ってやってもよかった。「あん、いやん、ダメっ」とか、あからさまなあえぎ声付きで。

『そう、ですか…』

もちろん想像したのだろう。明らかに声音が固くなる。それでも平静なふりで言葉を続けた。

『申し訳ありませんが、先生は本日、十一時から面談の約束がありまして。今から、お迎えに行かせていただいてよろしいでしょうか？』

丁寧ながら、低く感情を殺した声が返ってくる。

「ああ…、なるほど。何でしたら、うちの優秀なガードが事務所までお送りしますよ。わざわざ守田さんにこちらまでご足労いただかなくても」

愛想よく言った榎本に、ぴしゃりと冷ややかな声が耳を打つ。

『いえ、時間の貴重な先生には、車内での打ち合わせが欠かせませんので』

――クソガキが…。

むっつりと内心で榎本はうなる。

それでも巽の仕事の邪魔をするわけにはいかない。

「わかりました。では、……十時半頃においでいただけますか？　受付で名前を伝えていただければ大丈夫です」

『十時でお願いいたします。身支度に時間をとる方ではありませんし、お着替えはすべてこちらで準備していきますので』

跳ね返るような返事に、榎本はムカッと携帯をにらみつけた。

何か言い返してやろうかと思ったが、残念ながら言葉が見つからない。

「……わかりました。では」

しぶしぶと答えて、通話を終える。

と、ちょうど巽がシャワーから上がってきた。

バスタオルを腰に巻き、頭を乾かしながら、おや？　と言うように、ベッドの上に身を起こしていた榎本を見る。

「起きてたの？　めずらしいね」

くすくすと笑う。

「守田さんから電話がありましたよ」

仏頂面で告げると、巽がちょっと目を見張る。

「ああ…、そう。……出たの？」

「まずかったですか？」

思わず挑戦的に聞き返すと、巽が苦笑した。

「いや」

もうすでにいろいろとバレているわけだし、問題はないのだろう。あるいはあとで、巽が皮肉の一つも言われるのだろうか。

「十時に迎えに来るそうです。着替え、一式持って」

「十時ね…」

つぶやいて、巽が壁の時計に視線をやる。

巽としては日常のことなのだろう。急にホテル泊まりになるようなことも、よくあるだろうから。

しかし守田に着替えを持ってきてもらうのは、なんか女房みたいで嫌だ。……まあ、確かに、秘書なら「女房役」と呼ばれるのかもしれないが。

「巽さん」

「うん？」

「こっちに着替え、置いといてくださいよ。下着とかスーツも全部」

その唐突《とうとつ》な言葉に、巽が目をパチパチさせた。

「ああ…、そうだね。君がかまわなければそうしよう」

それでも、榎本の言いたいことがわかったのか、口元で笑いながらうなずいた。そして何気ない様子で近づいてくると、ベッドの端に腰を下ろす。

「それはもっと、ここに泊まりに来てほしいというおねだりだね？」

腕を伸ばし、榎本の腰を引きよせながら耳元で尋ねてくる。

「泊まりに来てもいいということですよ」

あえてツンとした口調で返すと、巽が喉で笑う。

「うれしいね。ここは私のマンションよりも立地がよくて便利だし、セキュリティも万全だし。言うことはないよ」

「……そういう問題ですか？」

思わずむっつりと榎本はうなった。

「おまけに可愛い恋人がベッドで色っぽく迎えてくれるしね？」

ずうずうしくつけ足すと、指先で榎本の髪をかき上げ、優しくキスをくれる。

しかし特に反論はせず、榎本は男の肩に腕をまわし、そのキスに応えた。

榎本が巽のマンションに行くのではなく、巽が榎本の部屋を訪れる。

それが、十七年目の変化の一つになりそうだった――。

end.

スペシャル

長いフライトからようやく解放され、到着ロビーへたどり着いたマリヤ――鞠谷希巳《まりやのぞみ》は大きく伸びをした。

快適を約束されたビジネスクラスとはいえ、やはり窮屈さはあり、何度経験しても入国審査は面倒《めんどう》なものだ。

「おい、マリヤっ」

しばらくしてイミグレーションで置いてけぼりにした男がようやく追いついてきたらしく、背中からいくぶんあせった声がかかった。

迫力のあるグラサン姿でガタイもよく、うっかりするとマフィアかシークレットサービスかという人相風体のせいか、念入りにボディチェックと手荷物検査をされていたらしい。そうでなくとも日本国籍のマリヤと違い、入国審査には少し時間を食う。

声とともに、いきなり腰のあたりに太い腕が巻きつき、グッ…と引きよせられた。

「っと…、あぶないいな」

わずかに体勢を崩《くず》し、それでも男の腕に素直に身体《からだ》を預けたマリヤはちろりと肩越しに男をにらむ。

「いいかげん機嫌を直せ」

ようやく捕まえられた安堵《あんど》か、あるいはフライト中、ずっと無視されていたいらだちか、男が短くため息をついた。

ジェラルド・シャンナン・サイモン――アメリカの巨大企業である、「サイモン・インターナショナル・グループ」の専務取締役という肩書きがあり、事実上のグループ後継者だ。なんなら、自家用ジェットで来日してもいいくらいの立場ではある。

しかし御曹司といった甘さや柔和さはなく、どこか野性的な風貌《ふうぼう》の男だった。……まあ、だからこそ、各国の入国審査のたびに時間をくっているのだが。

――マリヤの、可愛《かわい》い男だ。

まあ、本当はマリヤとしてはそんなに怒っているわけでもなかったのだが、少しばかり機嫌が悪いと思わせておいた方が扱いやすい。

「ホントなら今頃《いまごろ》、ダンと一緒にのんびり湖畔《こはん》の別荘だったはずなんだけどね」

いくぶんむっつりと言ってやる。

「いいだろ？　たまには俺の出張につきあってくれても。おまえにとっちゃ、里帰りなんだしな」

「まぁ、そうなんだけどね…」

「オヤジさんも気をきかせてくれたんだろ。――うお…っ」

耳元で意味ありげに言われ、マリヤは軽く肘《ひじ》で男の身体を突き放す。

わざとらしく大げさに腹を押さえてうめいた男に、マリヤは冷ややかに尋ねた。

「迎えがきてるんじゃないの？」

アメリカ本社の大幹部だ。ＣＥＯであるダンは、今は自分の興味がある新規事業以外のほとんどすべてをジェラルドに丸投げしているので、彼が実質的な最高責任者と言える。日本支社の社長以下、幹部総出で出迎えられても不思議ではない。

「いや。出迎えや見送りは不要と伝えてあるからな。そろそろ徹底されてきた頃だ」

そうは言っても、と最初の頃は数人がわらわらと空港まで押しかけていたようだが、そもそもジェラルドは生まれながらのお坊ちゃんというわけではなく、たいてい何でも自分でやるし、自分で身軽に動く方を好む。そんなところも嫌いではない。

「近々とは伝えてあるが、来日予定を知らせているわけでもないからな。……なんなら今日は一日、ゆっくりとホテルで過ごしてもいいいんだが？」

いかにも意味ありげな言葉に、めずらしく気が乗らないわけでもないらしいマリヤの返事に、ジェラルドが、お？　と期待に満ちた顔をする。

「そうだな…」

しかしその時、マリヤは別のことに気をとられていたのだ。

平日午後の空港は、それなりに人は多い。世界中の旅客機から吐き出された観光客にビジネス客。それを出迎えに来た人々。

その中で、きょろきょろと落ち着かないふうにあたりを見まわしている男が、ひどく目についた。よれよれで汚れの目立つ長いコートを着込み、帽子を目深にかぶっている。

到着ロビーだ。出迎えに来た相手を探しているということは、もちろんあり得る。あるいは、一緒に来た誰かとはぐれたとか。

しかし男の視線は、到着出口というより、むしろ自分の背後が気になるように、ちらちらと振り返りながらこちらの方向に近づいている。

男の、どこか淀《よど》んだ目。緊張した表情。

目的地にようやく到着して浮き立った、あるいは旅に疲れた表情を見せる者たちが多い中では、かなり異質だ。

——何だ…？

心がざわつくような違和感に、ふっと無意識に身体が緊張する。

コートの前を握りしめるようにしてかき合わせ、固く閉じているのも気にかかる。

「何か食ってから移動するか？　——おい、どうした…？」

と、ようやくジェラルドがマリヤの様子に気づいたらしい。身にまとうただならぬ気配に、怪訝《けげん》そうな、そしていくぶん緊張が移ったような声だった。

「これ、持ってて」

マリヤは相手も見ないまま、手にしていた小さなボストンバッグを押しつけた。

「え？　おい…」

少し遠くの方に、空港警察らしい二人連れが視界に入る。通常警備であたりを警戒するように、というより、むしろはっきりと目的を持って何かを——あるいは誰かを探そうと、周囲に視線を配っているのがわかる。いくぶん引きつった、緊迫した空気。

さらには私服の、しかしいかにも警察官らしい二人連れがやはりそわそわとあせった様子で、あたりをうかがうようにしている姿が見える。

かなりヤバい状況なのか…？　と首をひねった時、ハッとマリヤは目を見張った。

その不審な男のすぐ後ろあたりに、見覚えのある顔がいる。体格はいいが、学生っぽい、身軽な雰囲気だ。

同時にむこうもこちらに気づいたらしく、わずかに目をすがめた。

――と、その時だった。

男が空港警察の制服を目にとめて、あっ、と短く声を上げる。警察官と目が合って、むこうも男を認識したようだ。

「おい…っ、おまえ……！」

警官たちがとっさに声を出し、身構えるのがわかる。

男は顔を強《こわ》ばらせて立ち止まり、あせったようにあたりを見まわすと、いきなりバッ、とコートの前を開いた。

変質者――ではない。

「く…来るなっ！　近づくな…っ！」

ヒステリックに叫んだ男の胴のまわりにはどうやら手製の爆弾らしいものが巻かれていた。高く掲げた右手に握られているのは、起爆スイッチ、なのだろう。

一瞬、男のまわりにいた人間が、きょとんとしたような表情を見せ、しかし次の瞬間、甲高い悲鳴を上げて我先に逃げ出した。

刹那《せつな》にマリヤと、男の背後にいた若者の視線が絡む。

次の瞬間、若者の一回転からの高いケリが鋭く男の右手首を直撃し、手にしていた起爆装置がすっぽ抜けた。

「なっ…、え…っ…？」

「ハァァ……ッ！」

あせった男があわててそれをとりもどそうと背を向けたタイミングで、マリヤの踵《かかと》が男の首筋に入る。

ぐぁっ…、と濁った声をもらして、男の身体が床へ沈んだ。

それとほとんど同時に、若者が大きく手を伸ばし、宙に飛んだ起動スイッチをやすやすとつかみとる。

一瞬の出来事に、遠巻きにした人々は呆然《ぼうぜん》とこちらを見つめ、その客たちをかき分けるようにして警官たちが押しよせてきた。

「あ…、あんたたち、いったい……？」

床へ押し倒した男の腕を後ろ手に拘束し、とりあえず床へすわらせていたマリヤと、そしてその後ろで立っていた若者を胡散臭《うさんくさ》そうに眺める。

取り押さえられた男自身、何が起こったのかわからないように、ただ呆然としていた。

一斉招集がかけられたらしく、あたりはたちまち警官で埋まり、野次馬が遠ざけられ、制服私服入り乱れて、マリヤたちは警官にとり囲まれる。いかにも物々しい雰囲気で、ザクザクとそろった靴音を立てて爆弾処理班まで到着したらしい。

「引き取ってくれる？」

とりあえず、淡々とそう告げると、ハッとしたように空港警察の二人があわてて男の身柄を左右から拘束し直した。

と、横から、ぬっ、と起爆装置を持った手が突き出され、ああ…、とマリヤはそれを摘《つ》まみ上げると、はい、と側《そば》にいた私服の刑事らしい男に無造作に差し出す。

「あっ…、は、はいっ。どうも」

あからさまにあせった顔で、ビクビクと男がそれを受け取り、困ったように、先輩だろうか、一緒にいた年配の男の様子をうかがってから、急いで処理班らしい男に渡しに走っている。

「自爆テロなのか？」

マリヤの後ろから、一人だけ逃げずに残っていたジェラルドが気難しく尋ねてくる。

「みたいだね。なに、いつの間に日本て、こんなに物騒になったの？」

それをちらっと振り返り、マリヤは肩をすくめた。

「わからんが、とりあえず俺はおまえには逆らわないことにするよ…」

こめかみのあたりを押さえながら、ジェラルドがうめく。

かまわずマリヤは若者に向き直って、手のひらで肩や胸板のあたりを無遠慮にたたいた。

「いいケリだったね。カラダもすごくいい感じ」

「おい…、前途有望な若者につまらないちょっかいを出すなよ」

背中からむっつりと不機嫌な声が届く。

「妬《や》いてるの？　シャンナン。高校生相手に」

肩越しにちらっと振り返り、マリヤはにやりと笑った。

「まさか。……ん？　高校生？　なんでわかる？」

ふん、と鼻を鳴らした男が、ふと気づいたように眉《まゆ》をよせる。

とても高校生には見えないのだろう。実際、一般に年より若く見える日本人にしては——国籍はアメリカだったが、血統的には半分以上、日本人なのだ——いやに落ち着きすぎていた。さっきの騒ぎでもそれはわかる。貫禄《かんろく》というのか、達観というのか。

軽く舌を出し、再び向き直ったマリヤは首をかしげて尋ねた。

「ひょっとして同じ便だった？　気がつかなかったよ」

「ほとんど寝てたから。俺はエコノミーだし」

ちらっとジェラルドを見て、若者が答える。

マリヤはちょっと笑うように肩を揺らした。

「学生のうちはエコノミーで十分だろ」

そんな会話でようやく、ジェラルドも悟ったらしい。

「知り合いか？」

「榎本《えのもと》のところにホームステイしてる子だよ。七瀬侑生《ななせゆうき》」

「ホームステイ？」

ほう…、という顔でジェラルドがしげしげと侑生を眺めてうなる。

「ジェラルド・シャンナン・サイモン。俺の…、ま、依頼主かな」

そしてこちらも紹介したマリヤに、侑生が例によって高校生には似つかわしくない感情のなさで、じっとジェラルドを見た。

よろしく、と手を出したジェラルドに、軽く黙礼するようにして侑生が握手を返す。

「空手と柔術の全米ジュニアチャンプだよ」

「マジかよ…」

小さく笑って、侑生のささやかなプロフィールを付け足すと、ジェラルドがさすがに目を見開く。

「日本人の父親がアメリカで空手の道場を開いていてね。侑生も小さい頃からよく日本には来てたんだよ。じいちゃんとこの道場に通ってて、今は留学中。……だから、ま、兄弟みたいなもんかな？半分くらい一緒に育ったたし、俺も侑生も、榎本が『パパ』だし」

エスコートのオーナーである榎本はまだ三十過ぎで、もちろん生物学的な父親ではない。が、マリヤにとっても、侑生にとっても、榎本が身元引受人だったこともあり、保護者的な立場だったのだ。

「仕事中なのか？」

やはり淡々と、侑生が確認する。

「ま、一応ね」

「一応じゃないぞ。がっちりおまえは俺に拘束中だ」

みみっちく、ジェラルドが腕を組んで宣言する。

「週休二日じゃなかったっけ？　それに有給もたまってたはずだけど？」

「事前申告してなきゃ却下だ」

とぼけたように言ったマリヤに、ジェラルドが横暴に宣言した。

「ちょっと、すいませんが」

言い返そうとしたマリヤだったが、そこに空港警察らしい制服の警察官が口を挟んでくる。さっきまで見回りをしていた若い警官ではなく、管理職だろう、年配の男だ。

とりあえず、事態が収束して現場に出てきたのか、いかにも困惑した表情だった。

「その、あんたたち…、何なんですか？　いや、ご協力には感謝しますが危険すぎる。こんな場所でそんな無茶をされると、ことがことだけにちょっとねぇ…。万が一、被害が出たりすると、こっちの責任問題になりますし」

渋い顔で男がごま塩の頭を掻《か》く。

「それより、事情を説明してくれてもいいんじゃないですか？　こちらは巻き込まれた立場だし、……あの男、結局、何？」

少しばかりムッとしつつ尋ねたマリヤに、男が額に皺《しわ》をよせる。

「それはまだ、発表できる段階にはない。それより、あんたたちが何者かというのが問題だ。ずいぶんとタイミングよく居合わせたようだが」

メンツなのか、意地になったように男がむすっとした顔をしたのに、横から私服の刑事らしい、やはり年配の男が間に入る。

「まあまあ…、署長。こちらのおかげで事なきを得たのは確かですからな」

どうやら制服は空港署の署長らしい。

「申し訳ないんですが、事情聴取にご協力をお願いできますかね？　……えーと、パスポートとかお持ちで？」

人のよさそうな顔で、しかし抜け目のなさそうな目つきの刑事が一同を見まわす。

「皆さん、お知り合いのようですな？」

こちらはやはり胡散臭そうに、署長がじろじろと眺めてくる。

「——あの！　すみません、ちょっと…！」

と、警察官の包囲を突破しようと、一人の男が声を上げているのが目に入った。

エグゼクティブな雰囲気の、ピシリとしたスーツ姿で、マリヤと同い年くらいだろうか。

制止しようとした警察官に何かを見せ、いくぶんあせった顔でまっすぐにこちらへ向かってくる。

「すみません。この子が何か？」

そしてちらっと侑生を横目にして、警察官に尋ねた。

「高臣《たかおみ》……」

めずらしく表情に驚きをにじませ、侑生がつぶやいた。

マリヤは覚えのない顔だったが、侑生の知り合いらしい。

「あんた、どなたですか？」

邪魔されたせいか、いくぶん不機嫌そうに署長が尋ねる。

「失礼。警視庁組織対策部の夏目《なつめ》と申します」

答えてから、男が手帳を示す。

「組織対策部……？」

怪訝そうに署長と刑事とがその手帳をのぞきこむ。そしてあせったように、ビクッと顔を上げた。

「か、管理官…っ？　でいらっしゃいますか。——こ、これは失礼。いや、ええと……お知り合いですか？」

「ええ、ちょっと。この子を迎えに来たところで。……何かやらかしましたか？」

いくぶん心配そうに尋ねた夏目に、「何もしてない」と、横でいささかむくれたように侑生がうなった。

相変わらずの無表情だが、いくぶんむすっとした、年相応な雰囲気が見えて、マリヤはちょっと驚いてしまう。

「いやいや、むしろ不審者を取り押さえるのを手伝っていただいたところでしてね。ただちょっと、そのあたりの状況をご説明いただければと思うんですよ。お時間、よろしいでしょうかね？」

食えなさそうな刑事が、丁重だが押しの強い言葉で口にする。

「申し訳ないが、急ぐ用事があるのでね」

と、マリヤの背後からジェラルドがいきなり口を挟んだ。

何？　というように一瞬、険しい目を向けた署長が、しかしジェラルドの迫力におされるように、いくぶんたじろぐ。

「しばらくは日本に滞在する予定なので、必要ならアポイントをとって、後日ホテルか会社においで願えませんか？」

ぴしゃり、とジェラルドが言った。

こんなところで時間をとられたくない、ということだろう。

「会社…、どいいますと？」

おずおずと聞き返してきた署長に、ジェラルドが内ポケットから名刺を抜き出して差し出す。

「マリヤは私の秘書ですので、ご用でしたら私の方にご連絡いただいてかまいません」

……普通、逆だと思うのだが。

と、マリヤは内心で嘆息する。

どこの世界に、秘書に連絡をとるためにグループ専務に電話する人間がいるのだ。

「サイモン・インターナショナル・グループ専務取締役……？」

受け取った名刺を見てつぶやいた署長の声に、ああ、と夏目が思い出したようにうなずいた。

「拝見したことのあるお顔だと思いました。サイモン・グループの後継者でいらっしゃる、……確か、ミスター・ジェラルド・サイモンですね」

経済誌か何かでジェラルドの顔を見かけていたのだろうか。

そしてふと、不思議そうに侑生の顔を眺める。

「おまえ、ミスター・サイモンと知り合いだったのか？」

「いや。マリヤが彼の…、秘書兼ボディガードみたいだ。マリヤは『エスコート』のガードで、俺とは子供の頃からの知り合いになる。道場が一緒だったから」

ジェラルドが「秘書」と対外的な紹介をしたせいか、侑生が微妙に調整しつつ説明した。

「エスコートの…？」

ほう…、と意外そうに夏目という男がマリヤを見てつぶやく。

どうやら「エスコート」の存在も知っているらしい。警察官には見えなかったが、この年で管理官ということは、キャリアだろうか。

「初めまして。鞠谷と言います。あなたは、ええと…、侑生とは…？」

対外的なネコをかぶった笑顔でマリヤは自己紹介し、何気ないふりで尋ねてみた。

そういえば侑生は子供の頃から好きな相手がいる、とずっと言っていたし、最近恋人ができた、と榎本から聞いていたのだが。

「高臣は俺のこい……」

「親戚《しんせき》、です…！」

何でもないように答えようとした侑生を、ものすごい勢いで夏目がさえぎって、続く言葉をひったくった。

そして、じろり、といさめるように侑生をにらむと、侑生が少しばかり不服そうに夏目を見返す。

が、何も言わなかった。

一応、相手の社会的立場を考慮したらしい。

「ええと…、じゃあ、とにかく、夏目管理官の立ち会いでその子にお話、うかがえますかね？　お時間、よろしいですか？　そちらの…、鞠谷さんですか、またご連絡させていただきますんで」

場を納めるように刑事が言った。

「……そのですね。これだけの騒ぎになると、記者発表も必要ですし。公に話せる詳細が必要なんですよ、こちらとしても」

同じ警察官同士、わかるでしょう？　というように、小声で付け足した刑事の言葉に、侑生とマリヤの視線が同時に夏目に注がれ、夏目が小さなため息をついてうなずいた。

「わかりました」

「ご案内いたしますので、少々お待ちを」

せかせかとあわてたように署長が去って行く。

「メディアには、こちらの素性は伏せておいてもらえますか？」

頼んだマリヤに、夏目がうなずく。

「伝えておきましょう」

その夏目に、侑生があらためて向き直る。

「それで、何であんたがここにいるんだ？」

「何でって……」

少しばかり不思議そうに尋ねた侑生に、夏目が一瞬、絶句する。それから、ハッとしたようにあわてて視線を逸《そ》らした。

「お…おまえが迎えに来てほしそうな顔をしてたからだろうがっ。こないだのインターネット電話で、わざわざ帰りの便を知らせてきたくせに」

あせったように吐き出した夏目の耳が、少しばかり赤い。

それに、侑生が本当にめずらしく口角を上げた笑顔を見せる。

「すごいうれしい」

素直な、てらいのない言葉に夏目がさらに赤くなった。

「それよりおまえ…、いったい何をしたんだっ？」

急いで話を逸らせようと、噛《か》みつくように聞いている。

「何もしてないと言っただろう。怪しいヤツが目についたから、押さえこんだだけだ。爆弾魔みたいだったが」

「爆弾魔!?」

夏目が目を見開き、あわてて口元を押さえる。

実際、こんなところで「爆弾」などと噂《うわさ》が飛ぶと、パニックが起きかねない。

「マリヤ、とりあえず行こう」

ジェラルドが後ろからマリヤの腕をつかむ。

実際、警察官たちの真ん中にいる彼らに、行き交う人々からは訝《いぶか》しげな視線が飛んでいる。うっかりすると、何かと間違えられて勝手に写真を撮られそうな勢いだ。

「じゃ、侑生、またね。連絡するよ」

手を振ったマリヤに、侑生がうなずく。

「夏目さんも。こっちにいる間に、ぜひ一度、食事でも」

「あ…、ええ。よろこんで」

にっこりと笑って言ったマリヤに、どこかぎこちなく夏目が微笑《ほほえ》み返した。

では、と一礼して、マリヤたちは歩き出した。

「……まったく。何、俺の前で男を誘ってるんだ、おまえは」

半歩後ろから、ジェラルドがうなる。

「だって気になるだろ？　侑生の初恋の相手なんて。どうやって落としたのかとか。……侑生には手取り足取り、ずいぶんといろんなこと教えてやったしねぇ…」

にやにやと言ったマリヤを、ジェラルドが胡散臭そうな目で眺めてくる。

「おまえ…、まさか、本当にあのガキに手を出したわけじゃないだろうな？」

「大丈夫。実際にハメたりはしてないって。いろいろ道具を使って、実地にやり方を教えたことはあるけどね。……んー。キスくらいはあるかな？　すごい熱心な教え子だよー。覚えがよくて優秀だったしね」

にやりと笑ったマリヤに、ジェラルドが目を剝《む》く。

「おまえ…っ、それは全然大丈夫とは言わんっ」

あせったように声を上げた。

「高校生ということは、未成年なんだろうっ!?」

「まぁね。でも風俗とか行かせるよりは健全じゃない？　そもそも、まじめな子だしね」

「まったくおまえは……」

ハァ…、とジェラルドが大きなため息をつく。そして横に並んで、何気なくサングラスを外し、ちろりとマリヤを眺めてきた。

「だとすると、おまえが何をどんなふうにあのガキに教えたのか、雇い主としては知っておく必要があるな。きっちりと説明してもらいたいものだが？」

いかにも意味ありげな言葉に、マリヤは、ふーん？　と、とぼけたように返す。

「あなたが子供相手のレッスンで満足できるの？」

「おまえのレッスンがどれだけハードなのかは、よく知ってるからな」

「お子様向けじゃなくて、大人向けのクラスもあるんだけど？」

そんな誘いに、ジェラルドが何か確かめるようにマリヤを見下ろしてくる。何を企《たくら》んでいるのか、を見透そうとするみたいに。

ほとんど日常になっている、二人の間の駆け引き――。

どちらがセックスの主導権をとれるのかの、だ。

最終的にはベッドの上までもつれこむのだが、すでにここから前哨戦《ぜんしょうせん》は始まっている。

ジェラルドが軽く唇をなめた。

男っぽい、野性的な風貌に、そんなセクシャルな甘い仕草が似合って、ドキリとする。

「ほう…？　それは一日入門してみたいな。……何か道具が必要なのか？　ホテルへ行く途中でそろえて行ってもいいが？」

とぼけたように、ジェラルドが返してくる。

彼自身は道具を使うことは――使われることは、あまり好まないようだが、マリヤの出方を見ているのだろう。

手錠とか、アイマスク、ペニスリングあたりは以前にも使ったことがあり、ジェラルドとしては、もしもそんな道具があったとしても、逆に自分が使えるシチュエーションを頭の中で考えているに違いない。

「シニアクラスだからね。手近にあるモノを利用するんだ。……ネクタイとかね？」

言いながら、マリヤは軽く男のネクタイを引っ張ってやる。

「なるほど。それは興味深いな」

澄ました顔で返したジェラルドが引かれるままにわずかに身をかがめ、そしていきなりマリヤのうなじのあたりをつかむと、唇を塞《ふさ》いできた。

「ん…っ」

マリヤは反射的に手を上げ、男の髪をつかんだが、熱い舌が口の中をかきまわしてくるにつれ、無意識に引きよせるようにしてしまう。

いくぶん硬い髪の感触が指に触れ、濡《ぬ》れた舌が名残惜しいように唇を撫《な》でて。

すれ違う客たちが、気づいたとたん、わっ、とあせったような声を上げているのがわかるが、さすがに日本だけあって、多くは見ないふりで慎み深く通り過ぎていく。

空港だけにめずらしい風景ではない気もするが、やはり男同士――だと気づけば、目が惹《ひ》かれるのだろうか。

少しばかり不意打ちに、マリヤはすべり落とした指で男の頬《ほお》をつねってやる。

いたずらっ子みたいに小さく笑って、ジェラルドがようやく顔を離した。

——と。

「相変わらずだね」

くすくすと小さな笑い声とともに、聞き覚えのある声が耳に届く。

「真城《ましろ》?」

顔を上げたマリヤは、目の前に立っていた男にわずかに目を見開いた——。

◇　　◇

『——で、何だって?』

携帯からいくぶん渋い志岐《しき》の声が聞こえてくる。

「それがね…、女に振られた爆弾マニアの男が自棄《やけ》になって、自作の爆弾を抱えて空港に乗りこんできたらしいよ」

何気ない様子で壁にもたれ、関係者から得た情報を真城が伝える。

まだ何も知らない一般客が気ぜわしく行き交う中、警戒に当たる空港警察の制服がやたらと目につくようになっていた。

『ハァ？　マジか…』

電話の向こうで、志岐があきれたようにうめいた。

『だが、何でまた空港に？』

「どこでもよかったみたいだけどね。人の多いところで、でかいことをやって女を見返したいってことみたいだ。わざわざそれを女に予告したものだから、女があわてて通報したらしくて。まあ、半信半疑だったようだが、警察が男のアパートに行ってみると、実際に爆弾を作った痕跡《こんせき》がある。こりゃ、まずい、ってことになったようだな」

『こんな日にかよ…』

不機嫌に舌を弾《はじ》く音が返ってくる。

『じゃあ、背景はないんだな？』

「ああ。単独犯で組織関係はない」

それが救いだ。

「ただ、通報してきた時には、もう男は空港内だったみたいでね」

『なるほどな。それで、空港警察が総出で捜してんのか…。私服っぽいのもバタバタしてるし』

ハァ…、と志岐がため息をついた。

実際のところ、真城も志岐も、空港に到着して仕事に入ろうとした時、いきなり目につき始めた空港警察のただならない様子に情報収集をしていたのだ。

真城がツテの警察関係者をたどって、ようやくそのあたりを聞き出したのである。

『早く片をつけてもらわねぇとな…』

やれやれ…、と志岐がうなる。

「ヘタに騒ぎになると、ターミナルが封鎖されかねないしね」

真城も無意識に顎《あご》のあたりを指で掻いた。

そうなると、今日の仕事に大きく差し支える。

別のターミナルにまわされるくらいならまだしも、別の空港へ飛ばされるとやっかいだ。そうでなくとも、到着時刻は大幅に狂う。

……まあ、そのくらいの対処はできないとまずいが、依頼人《クライアント》や今回の「ＶＩＰ」にしても、窮屈な思いをするだろう。

『とりあえず、こっちでも探してみるか』

「そうだな」

真城がうなずいて答えた時だった。

「――いや、ちょっと待て」

視界の端にかかった男の姿に、真城は声を上げる。

黒っぽいキャップと、薄汚れた長いコートの男。落ち着きのない視線もだが、空港で手荷物一つ持っていないのも気にかかる。代わりに両手は、しっかりとコートの端を押さえていた。

「それらしいのがいた」

『すぐにそっちへ向かう』

わずかに緊迫した、しかし落ち着いた声で志岐が電話を切った。

真城はポケットに携帯を落としながら、何気ない様子で男の向かった方向へと足を進める。

本来なら、警備にあたっている空港警察へ連絡すべきなのだろう。だが、まだ確信があるわけでなく、さらに、なぜ真城が爆弾魔の情報を持っているのか、を追及されると面倒だ。逆に仲間ではないかと疑われることにもなりかねない。

結局、行動に移しそうになった時に取り押さえるしかない、というわけだ。

しかし特に狙《ねら》いがなく、ただ闇雲《やみくも》に「でかいこと」をやりたいのなら、どこでも爆発させられるわけで、それも動きがつかみにくい。

ずるずると長引かせて、うっかりこちらの依頼人、およびＶＩＰの到着にかち合ってしまうと、それこそ即席でターゲットにされかねない。

真城は男の後ろ姿を視界に入れたまま、もう一度、電話をかけた。今度は「エスコート」の調査室の方だ。

「ああ…、由惟《ゆい》？　そっちはどう？　まだバレてなさそうかな？」

『お疲れ様です。……ええ、今のところまだネットに情報は流れてないですね』

落ち着いた報告が返ってくる。

「そうか。さすがにうまくやってるようだな」

真城は小さく微笑んでうなずいた。

この情報化社会だ。空港で気をつけなければいけないのは、新聞や雑誌の記者よりも、むしろ一般の「ファン」だ。どこかで見つかると、あっという間に写真が撮られ、世界中に発信される。

『このまま無事に到着されるといいですけど。でも今は、飛行機の中からでもネットに投稿できますからね…。フライト中に気づかれて、空港に到着した時には、数百人のファンが押しよせててもおかしくない』

「勘弁してほしいな、そんな状況は」

苦笑するように言われ、真城はため息をつく。

ただでさえ、そんなリスクを抱えてなのに、その上、爆弾魔だ。

『——あ、室長がお話があると。代わります』

ふいに、そんなテキパキとした声とともに相手が代わった。

『真城か？　高科《たかしな》だ』

調査室の室長である、高科環《たまき》の落ち着いた声だ。

『クライアントから依頼があった件について、リサーチをしておいた。宿については事前にクリアしているが、出かける先についてはＶＩＰの意向もあるから、できるだけ選択の幅を持たせたいということだ。一応、おまえの携帯にもリストを送っておく。警護が面倒になるがよろしく頼む。もしかすると突発的な行き先が出るかもしれないから、情報が必要なら、その都度、連絡をくれないか？　できるだけバックアップできるようにするから』

「了解。……ああ、いつでも車を出せるように、一台、押さえておいてもらえるか？」

『わかった』

うなずいてから、ふと思い出したように、環が少しばかり声を潜めた。

『そういえば、今、空港は大変なんじゃないか？』

「耳が早いな」

ちょっと驚いて、真城はわずかに目を見張った。

警察無線でも拾ったのか、あるいは「内通者」からの密告か。その場合、真城と環の情報源は同じ可能性がある。

「でも、国沢《くにさわ》には直接関係がないだろう？」

何気なく聞くと、えっ？　と環がひっくり返ったような声を上げた。いつも冷静な男にしてはめずらしい動揺ぶりだ。

いきなり名前を出されたせいだろうが、そこまで動揺しなくても、という気はする。

まあ、環はクールなようでいて、案外うぶなのだが。

国沢——国沢祥吾《しょうご》というのは、真城がかつて勤めていた警視庁警備部警護課に勤めるＳＰで、環の恋人である。

――のだが、環自身は、そのことはまだまわりには知られていない、と思っているフシがあった。

ほとんど半同棲《どうせい》と言っていいくらい、祥吾は「エスコート」の中にある環の部屋に入り浸っているし、二人の仲を隠す素振りもなく、人前でも環をかまい倒しているので、まったく今さらだと思うのだが。

『あの…っ、いや…、それは……その、そうでもなくて』

あわあわしながらも、環が口ごもる。

「そうでもない？」

真城は首をひねった。

爆弾処理班が出ているのなら、確かに警備部の所属なので情報くらいは入っているのだろうが、SPの祥吾が駆り出されたとも思えない。

『いや…、それが……、今日は来日していたアメリカの下院議員が帰国する予定みたいで。祥吾たちも先行して空港に入ってるみたいなんだ』

「そうなのか？」

思わず、真城はうめいた。

真城たち民間の「仕事」に関しては、警察が関知しているはずもないが、それなら空港警察が血相を変えているのもわかる。

『その…、とにかく、気をつけてくれ』

「わかった。ありがとう。……会ったら、何か伝えておこうか？」

『べっ…別にそんなものは……』

少しばかり意地悪く、笑いをこらえて尋ねた真城に、環があせったように返してくる。

「まあ、そうだな。毎日のように会っているだろうしね」

さらりと返すと、環が、う…、と言葉を詰まらせた。電話の向こうで、顔が赤くなっているのが見えるようだ。

まあ、真城としてはそのくらいの皮肉は言わせてもらいたい。

真城の「男」も、ＳＰに所属している。祥吾と真城とは同期だったので、二人の後輩に当たる男なのだが、真城が海外での仕事が多いせいで、なかなか休みが重ならず、ゆっくりと会う時間はとれないでいた。

環の場合は「ボディガード」ではなく調査室の所属なので、基本的に日本にいるし、それこそ「半同棲」も可能なわけだ。

『真城さん…、お願いですから、そっち方面のことで室長をつっつかないでください。あとが大変なんですから』

再び電話を代わった由惟がこっそりとうめいたが、その背中から「由惟っ！」とピシャリとした声が飛んでいる。

とばっちりだったらしい。

喉《のど》で笑ってから電話を切り、真城は再び注意を男の背中にもどした。

「悪いね」

いつ、どこで行動に移すつもりなのか――？

多分、何かの……ちょっとしたきっかけ次第だ。

視界の端に、別のターミナルにいた志岐とユカリがふらりと近づいてきたのが見える。

志岐と目が合って、真城は顎で男の方を示すと、志岐が確認して小さくうなずいた。

真城はもう少し、男と距離を詰めておくことにする。

――と。

「えっ？」

ハッとそれに気づいた瞬間、思わず小さな声がこぼれた。

男は無意識なのか、到着した客たちが吐き出されている到着ゲートあたりに向かっている。

その進行方向にいた男――二人連れの男たちの姿を、真城ははっきりととらえていた。さらに、そのわずかに手前で爆弾魔らしい男とすれ違った男が何気なく立ち止まり、その男の方を無表情なまま振り返っているのが見える。

驚いた。が、同時に真城の足は止まっていた。

知らず、口元には笑みが浮かんでいる。

反対方向から近づいていた志岐と目が合い、「どうした？」というように表情だけで聞かれたが、真城は片手を上げて志岐の足を止める。すぐにポケットで携帯が鳴った。

『どうした？』

怪訝そうな声。

「いや、どうやら大丈夫そうだよ」

それに微笑んで真城は返した。

そして次の瞬間――。

男のヒステリックな怒鳴り声。通り過ぎる客たちの悲鳴。男のうなり声。逃げ出す客たちの騒ぎと、入れ違いに警察官たちが走り寄る足音。

いろんなものが一気に吹き出し、あたりは騒然となった。

「しばらく離れていよう。マリヤと侑生が不審者を押さえたらしい」

その報告に、えっ？　とさすがに志岐も声を上げる。

『帰って来てたのか、あいつら』

「みたいだね」

よけいな騒ぎに巻きこまれたように、少し引いたところで眺めていた真城の前で、爆弾魔らしい男が連行され、マリヤたちが警官の聴取を受けている。

ジェラルドの姿が見え、途中で、夏目が合流したのがわかった。

何か問題になれば、とは思っていたが、夏目がいれば大丈夫そうだ。

結局、夏目と侑生が別室で事情を聞かれ、ジェラルドとマリヤはいったん解放になったらしい。

まあ、それはそうだろう。サイモン・グループの御曹司を、おいそれとは足止めもできない。

「相変わらずだね」

例によって、ケンカをしているんだか、いちゃついているんだか、といった二人に、真城は喉で笑いながら声をかけた。

「真城？」

驚いたように、マリヤが目を丸くする。

「何でいるの？」

「たまたま。仕事だよ。今日、来日するＶＩＰのガードに入ることになっててね。……おひさしぶりです、ジェラルド」

「やあ、真城」

答えてから、後ろの男と挨拶《あいさつ》の握手を交わす。

マリヤがこの男の「専属」のガードなのだが、傍目《はため》には逆に見えるだろう。

「派手な来日パフォーマンスでしたね」

「おたくのガードがね」

クスリと笑った真城に、ジェラルドが肩をすくめる。

「サイモン・グループとしては、いい宣伝になるんじゃないですか？」

「どうかな？　妙なことで名を売って、逆にターゲットにされても面倒だ。それに、来日していることを大々的に知らせたくもないからな」

なるほど、と真城はうなずく。

面倒な招待が増えるだけ、ということかもしれない。

「ね、ＶＩＰって？　誰？」

好奇心いっぱいにマリヤが尋ねてくる。

「依頼人はユージン・キャラハン。メインの警護対象者《VIP》はクレメン・ハワード監督」

「わぁお」

マリヤが目を見開いて、抑えた声を上げる。ジェラルドも後ろで小さく口笛を吹いた。

世界的に人気のハリウッド俳優と、アメリカを代表する映画監督だ。

「……あれ？　同じ便だっけ？　見かけなかったけどな」

「いや、これから到着するＬＡからの便」

ちょっと首をひねったマリヤに、真城はさらりと答えた。

「そっか。……まあ、一緒だったとしても、むこうはファーストクラスだろうからね。気づかなかったかもしれないけど」

「ファーストクラスじゃないの？」

首をかしげた真城に、マリヤが肩をすくめた。

「俺たちはビジネス。雇い主が渋ちんだから」

腕を組んで、つん、と拗《す》ねたふりで言ったマリヤに、ジェラルドがあっさりと言い返している。

「俺はビジネスマンなんでね。コストパフォーマンスを考えるんだ」

と、そんなことを話している間に、志岐が合流した。ユカリも一緒だ。

「真城っ。――うわっ、出たっ！」

弾むように近づいてきたユカリが、マリヤを見た瞬間、顔を引きつらせて飛び上がる。

オーナーの榎本でさえ（無自覚に）手玉にとるユカリだが、なぜかマリヤのことは非常に苦手にしているらしい。

「んーっ、もう、そんなに再会を喜んでくれるなんて。可愛いなー、ユカリちゃんはっ」

にこにこと、恐いくらいの笑みを浮かべつつ、マリヤがユカリのほっぺたをギューッと引っ張っている。二人の間の馴《な》れ合った挨拶みたいなものだ。……ユカリには迷惑なだけだろうが。

「でもね、その『出た』っていうオバケみたいな言い方は、そろそろやめようね？」

諭しているのか、脅しているのか、やはりにこにこと笑ったまま言われて、ユカリは早くも涙目だ。

「なんであんたがこんなとこにいるんだよぅ～っ」

「来日したからに決まってるだろ。雇い主のお供で」

ようやくほっぺたをつねっていた手を離し、都合のいい時だけ、その関係を持ち出すマリヤに、ジェラルドが咳払《せきばら》いをした。

ようやく解放されたユカリが、頬を押さえながらあわてて志岐の後ろに逃げている。

「あんまりいじめるなよ、マリヤ」

志岐が苦笑する。

「あの爆弾魔、マリヤが捕まえたんだよ。侑生とね」

「ああ…、そうなのか。なるほど、警官にしては手際がいいと思ったが」

説明した真城に、志岐がうなずく。そして首をひねった。

「侑生も一緒だったのか？」

「乗ってた時は気づかなかったけど」

「今は夏目さんと一緒に、事情聴取に応じている」

付け足した真城に、ああ、と志岐が顎を撫でる。

「俺が捕まえたかったのになー」

志岐の後ろから、ユカリが口を尖《とが》らせた。

「志岐たちがいるのがわかってたら、よけいなことはしなかったんだけどね」

「いや、ありがたいよ。こっちはあんまり目立つわけにはいかないし」

そんな志岐の言葉に、思い出したようにジェラルドが尋ねた。

「そういえば、さっきの…、ユージンが依頼主で、警護対象がハワード監督だと真城が言っていたが、依頼主と警護対象者が違うのか？」

「ああ、今回はな。たまにあるよ。ユージン・キャラハンももちろん、警護対象だが、むしろ監督の方に気を配ってくれという、ユージン本人からの依頼でね」

ほう…、とジェラルドがうなる。

「監督の方が、何というか、天然らしいからな」

「じゃあ、今回は完全なお忍びってことか？」

「そうだ。……ああ、だからネットでつぶやくのは勘弁してくれ」

「ああ、それはもちろん。だが、一度機会があれば、会ってみたいな」

「ファンだったのか？　どっちの？」

「監督の。作品はたいてい見てる」

志岐とジェラルドがそんな話をしている間に、マリヤがこそっとユカリに近づいて、耳元でささやいた。

「志岐はすごくイイ男だよね」

「えっ？　そ、そうかな…」

ビクビクしながらも、やはり志岐が褒められるのはうれしいのか、ユカリがくすぐったそうに首を縮める。

「どんな場面でも、仕事は完璧《かんぺき》だし。俺としては、昔から一番目標にできる人だよ。惜しかったなぁ…。専属にならなきゃ、じっくり時間をかけて、俺が落とそうかと思ってたんだけどなー」

いかにもな言い方は、ユカリへの嫌がらせ、というよりも、ハッパをかけている感じなのだろう。

ちらっと真城を確認するみたいに横目にし、真城も特に口は挟まなかった。

「う…、ダメっ！　それはダメっ」

うそぶくように言われ、いつもは志岐に対して、あまり「恋人」的な執着を見せないユカリだが、あわてたようにマリヤに食ってかかっている。

「でも俺だったら、志岐のパートナーとしても、十分、仕事でサポートできるしね？」

「それは……っ」

いかにも自信たっぷりに言われて、ユカリが言い返せずに唇を噛む。

「こら、マリヤ。いじめるなっつってるだろ？　ユカリは俺の可愛い子なの」

気づいた志岐が背中からユカリの身体を引きよせるようにして、口を挟んできた。

「甘やかしすぎじゃないの？　そんなんじゃ、いつまでたっても足手まといにしかならないよ」

厳しい言葉に、ユカリがぎゅっと拳《こぶし》を握りしめる。

そのユカリの頭を撫でながら、志岐が鼻で笑った。

「おまえだって、ジェラルドとダンには甘やかされ放題だろ。甘やかせる時は、めいっぱい甘やかすのが俺の主義なの。でも仕事の中では、俺の命令には絶対服従だからな。ユカリは、俺の仕事をちゃんと見てるよ」

実地できっちりと教えていく。そんな「信頼」なのだろう。

ユカリの手が、無意識にか、ギュッと志岐のスーツの裾《すそ》をつかんでいる。歯を食いしばって、涙をこらえるみたいにして。

「ふーん？　じゃ、次に会う時には、一度、ユカリと模擬戦とかしてみてもいいかもね」

「やっ、やるよっ！」

挑発したマリヤに、ユカリがキッと相手をにらみつけ、真っ向から受け止める。

「……対決はともかく、さっき俺はどうも聞き捨てならないことを聞いたような気がするんだが？　気のせいかな、マリヤ？」

いかにもな様子で耳を小指でほじりながら聞いたジェラルドに、あ、とマリヤが口元に手をやる。

「うん。そうだね。気のせいじゃない？　――いててててっ」

そして白々しく言ったマリヤの耳が引っ張られ、むすっとにらまれて、マリヤが肩をすくめる。

「ホテルはいつものところ？」

苦笑しながら、真城は確認した。

「ああ、その予定だ」

ジェラルドがうなずく。

「榎本にあとで連絡を入れとくよ。……あっ、さっきあの、夏目さん？　とも食事の約束をしたから、一緒でもいいかも」

「そうだな。伝えておくよ」

「できれば、志岐たちも一緒に」

「時間が合えばな」

懐くように、ことさら志岐に顔を寄せて誘ったマリヤを、うーっ、とユカリがにらんでいる。

くすくすと笑って、じゃあ、と手を上げ、マリヤたちがタクシー乗り場へと向かった。

「志岐はあの人と仲、よすぎっ」

いつになく、ぷっとむくれたユカリに、志岐が軽く肩をすくめた。

「あいつが十歳くらいからのつきあいだからな。弟みたいなもんだよ。……それより、今の騒ぎで発着の遅れは出てないのか？」

「確かめておこう」

志岐の言葉に、真城がうなずく。

「もしかすると、他に爆弾が持ち込まれてないとも限らないし、ターミナルの一斉点検があるかもな。そうすると、数時間は使えなくなる可能性もある」

「なんか、そうでなくても今日は警察関係者が多そうな気がするんだがな…」

ちらっとあたりを見まわし、渋い顔でうなった志岐に、あ、と真城は思い出した。

「そういえば、視察に来ていたアメリカの下院議員が今日、帰国の予定らしいな。ＳＰが先行して空港にチェックに入っているようだ」

「ＳＰ？　――へぇ…」

繰り返して、志岐が小さく口元で笑う。

「来てるのか、清家《せいけ》？」

「ないだろ。あいつは門真《かどま》大臣付なんだし」

意味ありげに聞かれ、真城は強いて無表情に返す。

――と、その時だった。

「真城さん……っ⁉」

聞き覚えのある声が、いきなり背中から響いてくる。

一瞬、固まった真城は、思わず額を押さえた。

「お。噂をすればか……」

志岐が真城の肩口から後ろを眺め、にやにやと笑っていた。

◇　　　　　◇

「――了解しました。ありがとうございました」

携帯に入った連絡に、警視庁警備部警護課所属の清家薫《かおる》は丁寧に返して通話を終える。

ちょうど空港の駐車場に車を停め、ターミナルへ向かうところだった。

「なんだって？」

一緒にいた先輩のＳＰ、国沢祥吾がどこかのんびりとした様子で尋ねてくる。

「例の爆弾魔、捕まったみたいですよ」

「へぇ、そりゃよかった。とっくに空港内にまぎれこんでるんじゃ、もっと手こずるかと思ってたけどな」

意外そうに、国沢がちょっと目を丸くする。

「失礼ですよ」

先輩をいさめつつも、清家も内心では最悪の予想をしていたのだ。

「案外、使えるヤツらがいたんだな」

国沢がちらっと笑って肩をすくめる。

「今は空港もテロの対象になりやすいですしね。いろいろと日頃から訓練とかしてるんじゃないですか？」

「うちはもっと、ピンポイントに暗殺の対象だけどな」

国沢の言葉に、そうだよなぁ…、と今さらに清家もうなる。

要人の楯となる仕事だ。現在、清家は国務大臣付きのセクションだが、以前は国沢と同じ、海外から訪れた要人担当だった。ちょうどあちこちの国から要人の来日が重なり合い、今回は警護の手が足りないということで、視察で来日中のアメリカ下院議員の警護にまわされたのである。

大統領も輩出している名門の家系で、そういう意味では攻撃の対象になりやすく、実際、脅迫状などはしょっちゅう送りつけられているらしい。まだ三十代の若さで、未来の大統領候補というまわりの期待も大きく、一族のホープというところだろうか。確か、叔父だか、大叔父だかは現役の上院議員だったはずだ。

アイビー・リーグを優秀な成績で卒業した秀才らしいが、ここ十日ほど、清家が身近で接した印象としては、

――こいつ、オタクだ…。

ということにつきる。

一応、日本の中小企業や町工場などの視察を行い、有力議員との会談なども重ねていたが、どうやら彼の中での来日メイン・イベントは秋葉原や中野、池袋あたりをうろつくことだったらしい。

日本文化の研究と、その国際的な展開についての考察――などと、もっともらしい理由を口にしてはいたが、どうみてもアニメのフィギュアを見る目が違う。政治家と日米関係を語るよりも、遥《はる》かに熱い眼差《まなざ》しで、ショーケースに並んでいるフィギュアを吟味していた。

実際、「研究ですよ、研究。日本のフィギュアはクオリティが高いですからねっ」と鼻息荒くスピーチしていたが、買い込んでいたのは美少女フィギュアがほとんどだ。さらにアニソンのＣＤとか、コスプレの衣装とか（いや、男性向けもあったが、誰に着せるつもりなのか、女性用の衣装もかなり購入していた）。日本のサブカルチャーを体験してみたい、というのでお連れしたメイド喫茶で頰を

紅潮させ、カラオケ店ではアニソンを熱唱していた。

もちろん、ＳＰたるもの、警護対象者が何をしようが見えないふり、聞こえないふり、で無表情を通していたわけだが。

日本文化をリスペクトしてくれるのはありがたいが、正直、今回の視察に味を占めた議員が、今から盆暮れのオタクの祭典を目指して来日するのではないかと、戦々恐々である。あんなところで万全の警護ができる自信はない。

——俺たち、メン《M》・イン《I》・ブラック《B》のエージェントのコスプレはどうかな？

その不安を先輩の国沢に打ち明けると、しばらく考えこんでから、そんなセリフを返されてしまった。本気なのか、冗談なのか、まったくわからないが。

ともあれ、大量の戦利品にほくほくしながら、ようやく本日、その議員も満足して帰国の途についてくれる予定だった。

……のだが、その矢先に、爆弾魔の情報がもたらされたのである。

うっかり帰国が延期とかになったら、これ幸いとまたどこかの聖地巡礼をされかねず、清家としては正直、勘弁してくれよ…、という気分だった。

この議員のおかげで、この十日間は休みがなく、まともに恋人の——真城の顔も見ることができずにいる。せっかく、めずらしく真城が日本にいるというのに、だ。

売れっ子ホスト並みの人気を誇る真城は、海外の顧客からのご指名が多く、月の半分はヨーロッパを転々としている。そうでなくとも休みが重ならず、一緒にいられる時間は少ないのだ。

議員が帰ってくれれば、清家もようやく二日間の休みに入り、少しは真城といられる時間があるんじゃないか、と期待していたのだが。

「とりあえず、到着ロビーの方から見ておくか」

手近な方へと、国沢がさっさと進んでいく。

議員のフライトまでにはまだ数時間あり、今頃は都内で名残を惜しむように最後の買い物をしているはずだが、清家たちは空港までのルートや空港内での移動ルートを確認するために先行しているのである。もちろん、空港内の安全確認も兼ねて、だ。

「あ、そういえば、落ち着いたら高科さんにお礼、言わなきゃですね」

歩きながら思い出して、清家は言った。

「環？　……あぁ、リサーチな」

高科環は、人材派遣会社である「エスコート」にある「調査室」室長であり、国沢の大学時代の同窓らしい。なんだか過去にはいろいろとあったようだが（「乗り逃げ」とか何とか？）、つい最近再会し、今はどうやら国沢と恋人関係らしい。

今回、その議員の警護にあたることになって、自己紹介の時にいきなりぶつけられた要望が、

『プライベートで行きたい場所があるのですが、案内していただいてかまいませんか？』

と、要するに、そのフィギュアやら、コスプレの店だったたりしたわけだ。

キラキラと光る目で出されたその期待に、内心では「は？」と思いつつも、手配いたします、という返事を口にするしかない。

予定の入っていた視察先とか、日本の議員と会食の約束があった料亭などであれば、あらかじめ場所も決まっているし、念入りに安全なルート設定などもシミュレートしている。が、あいにくと、そっち方面に課内にはくわしい人間がおらず、思い出したように国沢が環に外注したのである。……もちろん、個人的に、だ。

さすがにリサーチの専門部署らしく、ほんの一時間足らずで訪問可能なその手の店のリストと概要が送られてきて、さらに一時間のちには、周辺の交通事情からいくつかまわる場合のルート候補が何パターンか示されていた。

そのあたりはさすが、真城もよく言っているように、「顧客満足度」を最重視する、民間のボディガード会社だ。お役所ではこうはいかない。議員のマニアな好みをあらかじめ問い合わせ、それに対応するあたりもさすがである。

「ま、環には俺からしっかり礼は言っとくから。うん」

にやりと笑って言った国沢の横顔は、どこか胡散臭い。

大丈夫かな…、と思いつつ、清家は思わずため息をついた。

「次来る時はプライベートな来日で、『エスコート』に警護を頼んでくれませんかね…？」

思わず口からもれたのは、まったくの本音だ。いや、それで真城が駆り出されるのは困るが、多分、別の、もっと趣味が合いそうなガードを振り分けてくれるはずだ。

「ああ…、そうしてくれるとありがたいがな。つーか、議員の家なら、すでに顧客だったとしてもおかしくないけどな」

国沢の指摘に、確かに、と思う。

そもそも「エスコート」のボディガード部門の顧客は、個人で一流のボディガードを雇えるくらいの、上流で金持ちの家庭が多い。実業家だったり、政治家だったり。王族だったり。

「まぁ、SPだったらお金はかかりませんからね」

「だよなぁ…」

思わず二人で顔を見合わせ、力なく笑ってしまう。宮仕えの虚《むな》しくなるところだ。

業務内容としては、基本的に同じはずだが、給料は相当に違う。……らしい。

「――ん？　あれ、真城じゃないか？」

と、国沢が気づいたようにつぶやいたのに、ハッと清家は先輩の視線の先を追い、思わず声を上げていた。

「真城さん……っ!?」

しかし、声を出した瞬間、しまった、とあせる。

ヤバい。真城はどうだかわからないが、こちらが仕事中なのは明らかだ。そして仕事中にプライベートを持ち込むことに対して、元SPである真城はかなり厳しい。こんなところでうかつに声をかけると、こってりと叱《しか》られかねない。

しかし清家の内心の焦りにかまわず、国沢が大股《おおまた》に近づいていった。

真城と一緒にいるのは志岐とユカリで、やはり「エスコート」の同僚たちだ。……ということは、真城も仕事なのだろうか？

「あっ、ＳＰ軍団だ」

ユカリが少しばかりはしゃいだ声を上げる。

……ていうか、軍団って何だ？

よう、と志岐ににやにやと声をかけられ、どうも、と清家もへどもどと頭を下げる。

「なんだ、真城、おまえ、現場にいたのかよ。空港の爆弾騒ぎのことを聞いてきたかと思ったら」

国沢が気軽な調子で話しかけている。

その言葉に、清家は思わず、えーっ！　と声を上げていた。

国沢に、真城が情報を求めた、ということだろうか？　だったら。

「なんで俺に聞いてくれないんですかっ？」

思わず食ってかかってしまう。同じ警備部なのに。電話してくれたら、少なくとも声は聞けたのに。

「おまえより、国沢の方が情報を持ってそうだったからだ」

ちらっと真城が清家を横目にしてからあっさりと答え、再び国沢に向き直る。

「仕事でね。ＶＩＰの出迎えだ。……高科に聞いてないのか？」

「いや。その話はしなかったな。——あ、ひょっとして爆弾魔を捕まえたっていうのは…？」

語尾を濁してうかがうように尋ねた国沢に、あっ、と清家も気づく。

そりゃ、真城や志岐がいたのなら、爆弾魔の一人や二人、あっさりと片付けていても不思議ではない。

しかし、いや、と真城が苦笑して首を振った。

「俺たちが手を出すまでもなかった。たまたま、うちの別のガードが帰国したところだったみたいでね。そっちが先に発見していたよ」

「結局、おまえらじゃねぇか」

国沢が肩をすくめる。

「で？　何でおまえがここにいる？　おまえは門真さん付きだろうが」

真城の厳しい視線が清家に向き、反射的に清家はぴしっと背筋を伸ばした。

「手が足りないとかで、ここ十日くらい、こっちに駆り出されてるんです」

なるほど、とうなずき、続けて聞かれた。

「議員の見送りなんだろう？　予定通りにいきそうなのか？」

「はい。その爆弾魔の騒ぎで空港を変えようかっていう話も出てたんですけど、大きくなる前に取り押さえられたみたいですし。組織的なテロでもなさそうですし。……ホント、よかったですよ。ヘタに長引く前に捕まえてもらって」

実際、その爆弾魔が手近な人間を人質にとって立てこもり、などということになれば、大変な騒ぎだっただろう。少なくとも空港内の一区画は封鎖されるだろうし、到着便は別の空港に振り替えられたりと、かなり面倒なことになったはずだ。もちろん、議員の出国も怪しくなる。

「あと、五、六時間もすりゃ、こっちの仕事は上がりだ。しばらくは泊まりだったからなァ…。ようやくエスコートの部屋に帰れるぜ」

「帰るってなんだ…？」

大きく伸びをするようにして言った国沢に、真城がいくぶん渋い顔でつっこみを入れている。

どうやら国沢は、エスコートの高科の部屋に週四、五日ものペースで泊まっており、すでに半同棲生活になっているらしい。

――う、うらやましい……っ。

清家としては思わず、指をくわえてしまいそうになる。

真城が日本にいない間も、部屋に泊まっていっていい、と真城には許可をもらっていたが、やはり真城のいない部屋に行ってもあまり意味はなく、真城の帰国がわかっていれば先に訪ねて待っているくらいだ。

「あ、あの、真城さん…っ」

清家は無意識に前のめりに真城に迫っていた。

「俺も夕方には仕事、上がるんですよ。真城さん、今晩は部屋に――」

「だから、これから仕事だと言っただろう」

しかし腕を組んだ真城に不機嫌に返され、がっくりと首を折る。

「今日から二週間ほどの仕事に入る。国内だけどな。部屋に帰れる方が少ないよ」

「二週間……ですか」

あぁ…、と思わず声がしぼんでしまう。

完全なすれ違いだ。それでは、まるまるひと月くらいもまともに——二人でいられないことになる。

ふふん、と国沢が鼻を鳴らした。

「結構なＶＩＰらしいな。おまえと志岐がそろって顔を出してるってことは」

そんな国沢の言葉に、かなりな、と意味ありげに志岐が笑う。

「俺もいるけどっ？」

顎を突き出して主張したユカリに、

「うん。ユカリくんもな」

と、国沢が笑いながらフォローする。

エスコートの他のガードたちとは、つきあいとしては清家の方がずっと長いはずなのに、いつの間にか国沢もすっかり馴染んでいるようだ。

なんだかちょっと、しょんぼりしてしまう。公私ともに充実しまくっているらしい先輩に、うっすら殺意を覚えそうだ。

そんな清家を横目に、志岐が真城に何か耳打ちした。

真城がそれにわずか、困ったような、怒ったような、いささか難しい顔を見せ、ちらっと清家を眺めてから、小さくうなずく。

――何だろ？　と思ったが。

「じゃ、またな。……あ、おまえら、いつまで空港にいるんだ？」

と、思い出したように国沢が尋ねる。

「あと二時間ほどかな」

「ずっと到着ロビー？」

「ああ」

真城の答えにうなずいて、国沢がにかっと笑った。

「じゃあ、その間にもしもこっちで何かあったら、連絡を入れてくれよ。俺たちは出発ロビーの方に移るから」

どうやら、使える人間は使おう、という腹らしい。

真城たちもわかっているのだろうが、まあ、持ちつ持たれつというところだろうか。

了解、と軽く手を上げる。

「じゃ、その……失礼します」

ぺこっと頭を下げ、しょんぼりと清家は背中を向けた。

ここで会えたのは幸運だったが、ほんと、次会えるのはいつだろう、と思ってしまう。

と、少し行ったところで、清家のポケットで携帯が振動を始めた。

こんな時間に誰だ、と思いつつ携帯を取り出し、発信者の表示に、えっ？ と思う。反射的に、バッ、と背後を振り返った。

真城からのメールだ。

しかし真城はこちらに背を向けていて、表情はわからない。

「どうした？」

「あ、いえ」

国沢に聞かれ、清家はあわてて愛想笑いを浮かべながら、素早くメールをチェックする。

短い文面だった。ほんの二行だ。

『××ホテル。10時に来い』

ぶわっ、と胸が、体中がいっぱいに膨らむようだった。

知らず顔が笑ってしまう。

「エサもらったワンコみたいだな…」

意外と鋭く察しているのかどうなのか、横で国沢が苦笑する。

しかしそんな言葉もなかば耳に入っておらず、清家はぎゅっと携帯を握りしめ、あっ、と気がついて、あわてて返信した。

『了解です！』

と、一言だけ。

楽しみです！　とかうかつにつけると、妙な——いや、健全な下心がにじみそうだ。

「ほら、俺たちの今夜の幸せのために、予定通りきっちりと議員を送り返そうぜ」

そんな国沢の言葉に、はいっ、と弾んだ声を返し、清家は力強く歩き出した——。

◇　　◇

エスコートのオーナー、榎本から「ちょっと来てー」と軽く呼ばれた時、水嶋律《みずしまりつ》はいつものお茶の催促かと思っていた。

現在、大学に通っている律だが、空いた時間は榎本の秘書のような仕事をしていた。

榎本が扱う仕事は人材派遣会社「エスコート」の中のボディガード部門、さらにその中でもトップ・ガードと呼ばれるスタッフだけを対象としているので、そのマネージメントが主な業務になる。

律の仕事はそのオーナーの補佐になるが、まあ、半分くらいはお茶出しと、オーナーの買い食いのおやつの買い出しと言える。

もちろん、律にボディガードの技術などなく、内々の事務仕事だけだったわけだが。

呼ばれて顔を出したオーナーの執務室には、志岐とユカリ、それに延清《のぶきよ》が顔をそろえていた。しばらく前から仕事の打ち合わせをしていることは、律もわかっている。

今日から――もちろん、正式な依頼があってから今日までの事前の調査、宿やルートの選定や、警護の方針などについての話し合いなど、水面下ですでにミッションは動いていたわけだが――「エスコート」のメンバーたちは、ある「仕事」に入ることになっていた。

トップ・ガードを総動員する、かなり大きな仕事だ。費用も相当にかかるわけだが、それを支払える依頼人、ということになる。

その依頼が来たのはひと月ほど前のことで、いつものように榎本から、

「これ、受ける分だから動けるヤツのスケジュールを見ておいて」

と、まわされてきた書類の依頼人を見て、えっ？　と思わず声を上げてしまった。

ユージン・キャラハン。世界的なハリウッド俳優だ。

そのお忍びでの日本旅行の警護――だが、メインの警護対象は彼ではなく、同行する監督のクレメン・ハワードの方らしい。

だがハワード監督の方にはボディガードの存在を知らせず、あくまで普通の旅行にしたい、ということだった。

つまり、基本的には、ロー・プロファイル。

通常なら、ガードの存在を対象者が認識した上で、すぐ側で警護できる方がずっと簡単で確実だ。

が、それができない状況なら、前後左右、離れたところから対処できるようにそれなりの人数が必要

になる。対象者に気づかれないように、ということであれば、定期的にその顔ぶれも入れ替えなければならない。

しかも監督はともかく、ユージンの「お忍び」というのは、かなり無理があるような気がする。一人のファンに見つかったら最後、日本に滞在中、どこにいてもオンラインで居所が拡散されかねない。

それだけに、相当気を遣ったガードになるのだ。

下準備は調査室が念入りにリサーチし、警護しやすい、そして見つかりにくい、スタッフのしっかりとしたホテルを選び、行きたい場所をあらかじめ聞き取りして、安全そうなルートをいくつかチェックしていた。予定では、東京で数日、京都で数日、というだけが決まっていたが、なにしろこちらの苦労を知らない監督は、ここぞとばかり思いついたところへ行きたがる可能性はある。映画監督だけに好奇心は人一倍、旺盛《おうせい》だ。

その上、友人である日本の俳優とも食事くらいしたいということで、さらに見つかる危険度は倍増する。

そのハードなミッションがいよいよ今日からスタートするわけで、ガードたちとしても臨戦態勢だった。

……とはいえ、律の立場では後方から応援するくらいしかできることはない。もちろん、必要なら交通機関のチケットの手配くらいはやらせてもらうのだが。

そう思っていた。

「お茶、お代わりですか？」

しかし榎本に呼ばれ、打ち合わせが長引いているのかな、と思いつつ、戸口で尋ねた律に、榎本がひょいひょいと指を動かして招き寄せる。

「あ、うん。それも欲しいけど、ちょっと都合を聞きたいと思って」

「都合？」

首をひねりながら、律は中へ足を踏み入れた。榎本にすわるように示され、……空いているのは延清の隣だ。

相変わらずの無表情で、足を組んで腰を下ろしていた延清の表情をちらっとうかがうと、無愛想なまま軽く顎を引くようにされて、律はその隣に浅く腰を下ろした。

少しばかり延清にとっては予想外、といった展開なのだろうか？　眉間《みけん》のあたりにちょっと皺がよっている。とはいえ、不機嫌という感じでもない。

もともと延清は、俳優の警護などという仕事は受けないのだが、今回はとにかく手が足りないということで仕事が入っていない者は駆り出されていた。以前なら、それでもバッサリと断っていたはずだが、このところ少しばかり、延清の中で仕事に対するハードルが下がっているようだ。

まあ、組む相手が真城や志岐、良太郎《りょうたろう》といったトップ・ガードで、自分がいちいち面倒を見る必要もなく、やりやすい、ということなのかもしれない。

「そう。今日からユージン・キャラハンのガードに入るだろう？　しかもロー・プロファイルになる。

それで律にも協力してもらえないかと思ってね」

それを見ながら、机の向こうの自分のイスに腰を下ろしたまま、榎本が言った。

「それは…、僕にできることでしたら」

「大丈夫、大丈夫っ。役得だよっ」

とまどいながら答えた律に、向かいからユカリが楽しげな声を上げた。

志岐とユカリも、ＶＩＰの日本への到着に合わせて空港でガードに入っていたのだが、とりあえずホテルへ入るまでを見届け、今は確か、良太郎――名瀬《なせ》良太郎と交代しているのだろう。

真城は今回、旅の「コーディネーター兼通訳」という立場で、唯一、二人に直接、接触していた。

場所によっては四六時中つきっきりということは難しいが、ある程度は同行し、行動を把握できる。

監督が突然、どこへ行きたい、何が見たい、と言い出したとしても、真城が手配できればルートや場所もそれなりに警護しやすいところへ誘導できる。

「実は、監督がさっそく、今日の夕飯は居酒屋へ行きたいと言い出したらしくてな。いかにも日本の仕事帰りのサラリーマンが使いそうなところだと」

志岐が頬のあたりを掻きながら、苦笑いする。

「居酒屋ですか…」

確かに、個室のある高級料亭などよりは、遥かにガードが難しそうだ。誰かに素性がバレる危険も大きい。

志岐のあとを、榎本が引き取って続けた。

「真城からその連絡が入って、タマちゃんが監督の要望にあった手頃な店をピックアップしたんだが、酔っ払いばかりとは言っても、さすがに誰かに見つかる可能性も高くなる」

タマちゃんというのは、多摩川に出没したアザラシではなく、調査室の室長である高科のことだ。榎本独特の呼び方である。……高科の方で気に入っているかどうかは別だが。

「見つかったら最後、国外へ出るまで、メディアには追いかけられますよね…」

簡単に想像できて、律は小さくつぶやいた。

「そう。来日報道なんかされたら、それこそ一億人がパパラッチだ」

「ま、それで貸し切りにはできなくても、ある程度、身内で店を埋められたらいいかと思ってな。律にも、今夜はその居酒屋で夕飯を食ってくれないかって話。あ、延清も一緒でいいから」

志岐の説明に、ああ、と律はうなずいた。ちらっと延清を見ると、やはり何も言わなかったが、納得はしているらしい。

「それなら、大丈夫です。行けますよ。……確かに役得かも。お会計、もってくれるんですよね？」

「しっかりしてるな」

志岐が苦笑する。

「立て替えといて。レシートもらえれば、あとで精算するから」

榎本がひらひらと手を振る。

「っていうか、じゃ、ユージン・キャラハンに僕も会えるってことですよね？」

あ、と思いついて、思わず身を乗り出してしまう。

「あんまりじろじろ見るのはまずいけどね。もちろん、サインもダメだしな」

「了解です。気がつかないふり、してます」

志岐のチェックに、律は片手を上げて厳かに誓いを立てる。

「何？　律でもやっぱり、ユージン・キャラハンは好きなの？」

にやにやと、どこか楽しげに榎本が尋ねてくる。

「好きですよー、やっぱり。すごくカッコイイし。セクシーだし。セリフまわしも、アクションも、見ててわくわくしますよね」

エスコートの顧客には有名人が多く、芸能人も多い。が、一見《いちげん》の客を基本的に断っているので、このオフィスまで直接、依頼に来る客は少なかった。そのため、ガードではない律が顧客と直接会える機会はほとんどない。

思わず弾んだ声を上げた律だったが、いきなり前が陰ったかと思うと、次の瞬間、ギューッ、と両方の頬が引っ張られて、思わず「みゃっ！」というような、妙な声を上げてしまう。

「の…、延清…っ？」

びっくりした。

物騒な顔で、と言っても、それがデフォというか、もともとの表情がにこやかでもない男なので、さほどの変化は感じられない。

しかし、結構容赦なく、思いきり頬を引っ張られて、かなり痛かった。離されたあとでもジンジンしていて、思わず両手で頬を押さえてしまう。

始めた時と同様、唐突に離すと、延清は再びパタッ…とソファの背もたれに身体を預けて、足を組み、何事もなかったかのように、むっつりとふんぞり返っている。

律もだが、あっけにとられたように志岐と榎本が呆然と目を見開いている中、ユカリがハハハハッ、と、はしゃいだ声を上げた。

「あー、妬いてんだ、あんた」

――妬いてる？

ユカリの声に、延清は例によって無視を決めこんでいたが、ピクッ、と眉の端が動いている。

そもそもハリウッド俳優など、憧《あこが》れたところでそれ以上どうこうということもなく、まさか延清がそんなことで嫉妬《しっと》するとも思えなかったが。

「あ…、あぁ、まあ、その…、なんだ。たまには二人で居酒屋に飲み行くというのもおもしろいだろうしなっ」

「そうだな。うん、律も何か新しい料理が覚えられるかもなっ」

榎本と志岐がどこかあせったように、顔を引きつらせて笑い合う。

「その居酒屋って、どこですか？」

「ん？　あぁ、ええと、第一候補は……、確か新橋の和風居酒屋じゃなかったかな。日本酒のおいしいところだそうだ」

頬を撫でながら尋ねた律に、榎本が手元のタブレットに表示して、律に差し出してくる。

「あ…、ここ、もしかして大学の友達がバイトしてるとこかも」

「そうなのか？」

それをのぞきこんで、あ、とつぶやいた律に、わずかに眉をよせた榎本が、ちらっと志岐と視線を交わす。

まずいな、という雰囲気だろうか。

「学生のバイトが多いと、それだけバレる危険性が高いからな」

志岐に指摘され、ああ…、と律はうなずいた。

働いているバイトだと酔っ払っているはずもないし、客と接するタイミングも多い。学生なら、中高年のサラリーマンよりはハリウッド俳優の顔を知っている率も高そうだ。

「いや、だが、居酒屋なら学生バイトはどこも多いだろうからな。律が顔を出すんなら、むしろ律の方に注意を惹きつけておけるんじゃないのか？　延清と同行していれば、なおさらね」

と、榎本が顎に指を当てて、考えるように言った。

「どうやら大学の友人には、律の私生活は謎《なぞ》に満ちているようだし？」

ちらっと笑って言った榎本に、律も愛想笑いを返すしかない。

友達が少ないわけではなかったが、あまり飲み会などへ参加することもなく、自分の部屋へ友達を呼ぶこともない律のプライベートは、少しばかり噂の対象になっているようだった。ほとんどは勝手な憶測なのだが。いつだったか、延清が派手なフェラーリを乗りつけて、律を迎えに行ったことも目立っていたのだろう。

隠しているというより、そもそも律に自分の部屋はなく、延清の部屋に居候させてもらっている状況だし、ビル自体のセキュリティの問題もある。

「まぁ、今夜の食事には真城もつきあうようだから、なんとかなるんじゃないか？」

志岐が肩をすくめる。

「とはいえ、初日からつまずくわけにはいかないからね」

榎本がめずらしく額に皺をよせる。

「とにかく、誰かが写真とか撮りそうになったら、絶対阻止！　ってことだよねっ」

それにユカリが拳を握って気合いを入れた。

「俺たちは居酒屋は行かねぇけどな」

「……えっ？　そうなのっ？」

横からあっさりと志岐がつっこみ、ユカリががっかりした声を上げた。

ともあれ、律にしても、延清と居酒屋に行くのは初めてだ。

好き嫌いは特にないようだったから、いつも食事は律が考えて作っているわけだが、居酒屋で延清がメニューを選ぶのなら、好みの傾向もわかるだろうか。

「何か気に入ったメニューがあったら教えて？　研究したいし」

横を向いて言った律に、延清がちろっと律を見つめてから、あぁ、と短くうなずいた。

店の中では顔見知りが多そうだが、そのすべてと知らないふりをしなければならない。

そう思うと、ちょっと楽しそうだった――。

◇　　◇

「おかえり。お疲れ様」

寝室のドアが開くとともにかけた声に、相手が少しばかり驚いたように立ちすくんだ。

「――由惟？　まだ起きてたのか…」

つぶやくように口にする。

寝室で休んではいたものの、本を読んでいた由惟は玄関の扉が開くかすかな音を耳にして、ベッドに上体を起こしていた。

こんな時間、由惟の部屋に入ってくるような男は一人しかいない。

名瀬良太郎だ。本当は隣が良太郎の部屋なのだが、たいていこっちの部屋に帰ってくるので、隣はほとんどクローゼットと物置状態だった。

「大丈夫だったのか？」

尋ねた由惟に、何のことかは察したのだろう、良太郎が大きな笑顔で親指を立ててみせる。

「ああ。無事、誰にもバレずに居酒屋を楽しんで、ＶＩＰはホテルに帰ったよ」

「よかった…」

ホッと由惟も息をつく。

命の危険があるようなミッションではないので、由惟としてもそういう意味では落ち着いていられるのだが、難易度で言えばかなりのランクだ。

「客の半分は身内だったし、なんか、警察関係者も動員されてたみたいだな。機動隊あたりの若い連中。事情は教えずに、国沢さんがおごってやる、って声、かけたみたいで」

そう、居酒屋を埋めるために、信用できる知り合いに頼んだ結果、そうなったのだ。

言いながら、良太郎がベッドに近づいてくる。何気ない様子でネクタイを解《ほど》きながら。

仕事中、スーツ姿なのはめずらしくないが、今の由惟が良太郎と会うのはほぼ「エスコート」のビルの中なので、見かけるのはたいていラフな格好だ。

ひさしぶりにまともなスーツ姿を見て、ちょっとドキリとする。いや、それでも「飲み」のあとだから、少しばかり崩れている雰囲気があって、それがさらに色気を感じさせる。

「そうそう。有里《ゆり》さん、来てたよ。今日ちょうど、仕事明けで帰国してきたところを駆り出されたらしい。うちの若いの連れてさ…。誰の脚本だか、酒をかっくらいながらノリノリでやってたよ。密《ひそ》かに女性上司に恋心を抱いている年下の部下って設定らしくて。説教されてるうちに、突然告白が始まるんだ。席も近かったし、ＶＩＰさんはびっくりしたんじゃないかな？」

　永井《ながい》有里、という女性のトップ・ガードだ。美人だが豪快な人で、お姉様タイプ。なんとなく、場面は想像できて、へぇ…、と微笑んでしまう。

「けど、大丈夫なのか、それ？　ＶＩＰは現役の映画監督だろう？　ヘタな芝居じゃ、かえって疑わせるんじゃないのか？」

　ふと思い出して、由惟はわずかに眉をよせる。

「いやぁ…、それがかなり真に迫ってたから、もしかしてあの若いの、本気で有里さんに惚《ほ》れてんのかもなぁ…。勇気あるよなぁ…」

　感心したように言いながら、良太郎がどさりとベッドの端に腰を下ろした。

　ほんの数十センチの距離。体温まで届きそうだ。

「それは先々、大変そうだな…」

　苦笑するように言ってから、ふと、由惟はそれに気づく。

「おまえ、酒臭くないんだな…」

「飲んでねぇもん」

　それにあっさりと、良太郎が返してくる。

「居酒屋なのに？」

由惟は首をかしげる。

そのまま夜通し警護に入るのなら、アルコールは入れないのが基本だろうが、ここに帰ってきているということは、良太郎は今夜は担当から外れている、ということだ。だったら、普通に飲んでもよかったはずだが。

それに、良太郎がちらっと笑った。

「しばらく夜が帰れたり帰れなかったりで不規則だろ？　それにあさってから京都だし、週末は帰ってこられないだろ？」

「そうだな」

由惟にしても、良太郎のだいたいのスケジュールは把握している。

「だからさ…」

言いながら、良太郎が片手をベッドにつき、グッ…と上体を近づけてくる。ぎしり、とわずかにベッドが軋《きし》み、熱を持った唇がしっとりと首筋に触れた。

「今夜はダメかなー、と思って」

ちろっと上目遣いに由惟を眺めてくる。

かすかに触れた熱に、その濡れた眼差しに、一気に体温が上がるようだった。

良太郎とは、その…、そういう関係だったが、週末にするのが基本だった。もちろん良太郎が日本にいる時に限られるわけだが、由惟の方が今はカレンダー通りの勤務時間なので、翌日が休みの時、ということだ。

「そ……、で、でも、おまえだって……明日は朝、交代なんだろう…っ？」

とっさに視線を逸らせつつ、由惟はあせって言葉を押し出す。

吐息で笑いながら、何気ないように男の指が伸び、喉元からたどるようにパジャマの襟のあたりを撫でてくる。

「十時だから。そんなに飛ばさないし。……一回だけにしとくから」

そんなセリフに、あやしいな…、と思いつつも反論できない。

男の指先がパジャマの一番上のボタンを外し、ほんの少しだけはだけさせた胸元に唇を押し当てる。

背中に腕をまわし、ぎゅっと抱きしめて。

「……嫌か？」

期待いっぱいの顔で、絶対に断られないのがわかっている憎たらしい顔で、良太郎が見上げてくる。

嫌だと言えば、決して無理に迫ってくることはないけれど。

「仕方ないな…」

まともにその顔が見られないまま、由惟はしぶしぶ……といったふりでつぶやいた。

「やたっ」

男が子供みたいな無邪気な顔で歓声を上げる。そしてそのまま、不器用そうで実は器用な指があっという間にパジャマのボタンを外しながら、楽しげに言った。

「寝てたら我慢しようと思ってたんだけどさ…。ちゃんと起きて待っててくれてるし」

「別に…、そんなつもりじゃ…っ」

「わかってるって。でも、うれしかった」

あせって声を上げた由惟を軽くいなし、男が両手で由惟の頬を挟みこんだ。

「由惟……」

間近から顔がのぞきこまれ、鼻先に、そして唇にキスが落とされた。

「ん…っ」

軽く触れ合わせてから、唇を割って舌が入りこみ、絡めとられて何度も吸い上げられる。そのまま身体がシーツに押し倒され、首筋に貪《むさぼ》るように唇が這《は》わされた。

「りょう…っ」

いったん身体を起こした男がスーツを脱ぎ捨て、ズボンも脱いで、ベッドの中へ潜りこんでくる。

はだけさせた前をくぐって指先が素肌を撫で、胸を撫でて、早くもビクッ…と身体が震えてしまう。

「……ふっ…、あぁ…っ」

片方の乳首が爪《つめ》の先でいじられ、もてあそぶように転がされ、それだけでズクッ…と腰の奥に甘い熱がたまり始めていた。

「由惟…、可愛すぎ」

クスクスと笑いながら、男の手がパジャマの下をくぐり、中心へと伸びてくる。

「あ…、んっ！」

大きな手のひらに握りこまれ、軽くこすり上げられ、たまらず腰が跳ね上がった。

無意識にくねらせた身体を男のもう片方の腕が抱きこみ、髪を撫で、耳たぶをかじるように唇を耳元によせて、そっとささやく。

「約束は守るから。でも一応、由惟の希望も聞いとく。……長い長いながーい一回と、普通くらいの二回と、短めの三回だと、どれがいい？　あっ、由惟がイク回数な。長さは俺がじらす長さで」

甘く、色っぽく、意地悪な声。

「バカッ」

涙目でにらんだが、両手は引きよせるように男の首に巻きついていた——。

◇　◇

VIPと依頼人がホテルを出たのを確認し、志岐はホテルの部屋でシャワーを浴びた。

自分の受け持ちとしては、本日の業務は終了しました、ということだ。

VIPたちの夕食には真城が同行しており、タクシーで着いた先の居酒屋ではそれこそ、周囲を固める勢いで何人もが先行して入っている。

志岐たちはあえて、そちらには合流しなかった。

明日の朝食を、もしＶＩＰたちがホテル内のレストランへ行くのなら、志岐たちがフォローしなければならない。おそらく朝は、真城を誘うことはしないだろうし、うかつに今夜、顔を覚えられてしまうとちょっと怪しまれる可能性もある。

さっぱりとして、腰にタオル一枚を巻いただけで、シャワーから上がると、ユカリが片方のベッドに腰を下ろして枕《まくら》を抱えこんでいた。

「どうした？」

元気が取り柄のユカリだが、いつになく落ちこんでいるようで、志岐が声をかけるとビクッと肩を震わせる。まじまじと志岐を眺め、そして長いため息をついた。

「……やっぱり、俺とは不釣り合いだよな」

「あ？　何がだ？」

ちょっと意味を測りかね、志岐はタオルで頭を乾かしながら、どかっとユカリの隣へすわりこんだ。

「俺、足手まといだよな…」

つぶやくような声に、あぁ…、と志岐は内心でうなる。

昼間、空港でマリヤに言われたことが少しばかりこたえているらしい。

「まぁ、足手まといっちゃー、そうだけどな」

肩をすくめ、あっさりと言ってやると、うっ…、とユカリが言葉につまった。ギュッと腕の中の枕をさらに強く抱きしめる。

「どうした、おまえらしくもないな。マリヤと対決するんだろ？　もう気合い負けしてんのか？」

「そうだけどさ…」

少しばかりからかうように言うと、ユカリが小さく唇を嚙む。そしてすがるような目で聞いてきた。

「俺…、いつになったら志岐に追いつけんのかな…っ？」

志岐はちょっとため息をついて、小さく吐息で笑った。くしゃくしゃと無造作に頭を撫でてやる。

「……バカ。おまえと俺とはキャリアも違うんだし、そうそう簡単に追いつかれてたまるか」

「けどっ。それだとホントに俺っ、ずっと足手まといになるだけだろっ？」

ユカリがぎゅっと志岐の腕をつかんでくる。その手を握り、志岐は静かに言った。

「今は本当にメンバーの命に関《かか》わるくらい、足手まといになりそうな現場には連れてってねぇから。俺も自分の身を守るので精いっぱいなとこはな。おまえを連れてくとこは、きっちりおまえの面倒を見てやれる自信のあるところだけだ。誰だって新米の時期はあるんだから、その間はたっぷり、面倒見させろよ。……いずれは独り立ちさせなきゃいけなくなるんだし」

それにユカリが目をパチパチさせ、肩から力が抜けたみたいに、ハァ…、と大きく息をついた。

「それに、おまえがいて、役に立ってる現場もあるしな」

付け足した言葉に、えっ？　とユカリが声を上げた。

「ほんとっ？　ホントにっ？」

「ああ。老夫婦のところとか、子供がいる時とか」

「……子守り？」

勢いこんだ分、ユカリが不満げに眉をよせる。

「反発を食らわず、子供をガードできるのは大事な資質だよ。子供は狙われやすいしな。子供の扱いに関して言えば、おまえの方がマリヤより上だろうし」

「やったっ！」

ユカリが大きく伸び上がるようにして喜ぶ。そしてちょっと照れたように、へへへ…と笑った。

「ホントに独り立ち、できんのかな……？」

ぽつりとつぶやくように言う。

「その前に、俺の右腕になってくれるんじゃないのか？」

にやりと笑って志岐が言うと、ユカリがちょっとうかがうように志岐を見上げた。

「今は、どのくらい？」

「あー…、右手の親指くらいかな？」

ブーッ、とユカリが唇を突き出す。

「ま、俺の理想としては、安心して背中を任せられることだな」

「おうっ」

少し復活したらしいユカリが、拳を握って、よしっ、と気合いを入れ直す。

「それでだな…、そういう信頼関係を築くには、ふだんから息を合わせておくことが必要だ。幸い、俺たちの場合、一番手っ取り早い方法が使える」

こほん、と咳払いし、志岐はおもむろに口にする。

「何？」

ユカリが真剣な顔で見つめてきて、いささか罪悪感らしきものが胸をよぎる。

「あー、つまり、ベッドの上での模擬戦というかな…」

「……ん？」

ようやくユカリも察したようだ。あわてて、ベッドの上で跳び退《すさ》った。

「ダ…ダメっ！　今日はダメっ。仕事中だろっ」

ちょっと顔を赤くして、憤然と声を上げる。

「今日の仕事は終わったはずだからな。せっかくいいホテルに泊まってんだし？　ほら、夜景もきれいだぞ」

「それでもダメっ。この仕事が終わるまではダメに決まってんだろっ」

断固として主張するユカリに、チッ、と志岐は内心で舌打ちした。

京都ではどうにか言いくるめられないもんかな…、と次の計画を頭の中でひねりながら、ふと思い出す。

——真城たちは今晩、熱烈な夜を過ごすんだろうになァ…。

◇　◇

清家薫はそわそわと腰が落ち着かないまま、ホテルのロビーで立ったりすわったりを繰り返していた。壁際のソファの前だ。

しかしこれだと、清家が不審者に思われそうだった。なにしろこんな時間だ。チェックインもせずにうろうろしていれば、怪しくないはずもない。実際、ベルボーイにはうかがうような目で眺められている。

時刻は夜の九時過ぎ。真城が指定した一時間も前に、清家はホテルに到着していた。それでも仕事が上がってから、三時間も待ったのだ。

でも、ホテルを指定したということは、今夜は真城さん、ここに泊まるんだよな…？

ようやくそんなことを考え始める。

このホテルから「エスコート」のビルまで、タクシーでほんの十分程度だろうか。

なんでわざわざ…？　とも思うが、仕事関係のはずだ。やっぱり。

真城が自分の仕事の合間に会ってくれるなんてめずらしいが、この時間なら問題がない状態だということなのだろう。もしかして、真城の方も自分に会いたくてたまらなくなって、ということなら飛び上がるくらいうれしいが、……多分、そこまでじゃないよな、と冷静に判断する。

昼間会った時、自分がよっぽどがっかりした顔をしていたのか。それで、志岐さんが気をきかせてくれたのかもしれない。今晩の仕事を代わるとか？

――ありがとうございますっ！

心の中で礼を言い、実際に手を合わせて、頭を下げる。

と、その時、アプローチにタクシーがすべりこみ、ドアマンが助手席のドアを開く姿が薄暗い照明の中、ガラス越しに見えた。

距離があり、明るさも十分ではなかったが、助手席から降りたのが真城だとわかる。体つき、というか、そのムダがなく機敏な動きの中の、流れるような立ち居振る舞いというのか。見覚えのあるものだ。昔、すぐ後ろからいつも見つめていた。

弾かれたように立ち上がった清家は、思わず彼らを注視した。

リアシートから降りてきた二人の一歩後ろくらいについて、真城が自動ドアをくぐってくる。

その二人が、今回の警護対象ということらしい。外国人のようだ。一人は帽子にサングラスをかけた長身の男で、かなりいい体格だ。身長が一九〇を超える清家ほどではなさそうだが、引き締まった体つきで、バランスがいい。酔っているのか、その男に抱えられるようにしているもう一人は、少し年上のようで、四十過ぎだろうか。地味なメガネをかけた男だ。

どこかで見たような…？　と、一瞬、頭をかすめたが、真城の顧客なら著名人は多い。どこかで見かけていても不思議ではなかった。

真城が若い方の男と英語で談笑しながら、ロビーを突っ切ってくる。

少し明るいところでようやく真城の顔をはっきりと確認し、あっ、と思わず清家は小さな声を上げていた。

ふだんの真城とは少し違う。端正なスーツ姿は同じだが、今日はきっちりと髪を後ろに撫でつけ、細いフレームのメガネをかけている。いつもの華やかさより、グッと理知的な雰囲気だ。

真城のメガネ姿は初めて見た。

――に…似合うっ。美人っ。可愛い……っ。

清家は立ち尽くしたまま、ボーッと見とれてしまう。しゃらんしゃらんと頭の中で、何か鐘が鳴っているようだった。ドキドキ、くらくらする。

と、ざっとロビー中を検索にかけるみたいに眺めた真城の目が、鋭く清家を認めた。

あまりにも見過ぎていたのか、厳しい表情で叱るようにじろり、と見返され、清家はあわてて視線を逸らせる。

が、真城たちが通り過ぎると、急いで振り返って、彼らがエレベーターへ乗りこむのを見送った。

VIPを奥にして、扉の正面に立っていた真城が、閉まる間際、もう一度、ちらっとこちらをにらんでくる。それでも片手を小さく胸の前で上げて、「待て」の合図。

無意識に息を止めていた清家は、扉が閉まり、ようやくほーっと長い息を吐いた。

――やっぱり、目立つようなことをしちゃまずかったかな…。

と、心配しつつ、ふと気がつくと、少し遅れて数人の客がロビーに入ってきていたのに気づく。

やはり若いスーツ姿の男たちで、二人がもう一台のエレベーターに乗りこみ、残った二人は真城たちが乗ったエレベーターが階数を重ねているのを見送っている。

こんな高級ホテルには少しばかりそぐわない若い連中で、――まあ、清家自身、それほど馴染んでいるわけではないだろうが――顔は知らなかったが、おそらく「エスコート」のガードたちだ。「トップ」とはつかないだろうが。真城たちのチーム、あるいは、バックアップ・スタッフだろうか。

中の一人が、さすがに清家の存在が気になったようで、さりげなくどこかへ電話で連絡している。

と、その時、新しい客がまたロビーに入ってきた。

自動ドアの音に反射的に振り返ると、二人連れの男たちだ。ブラックスーツの、それこそボディガードのように厳つい雰囲気の外国人と、かなり美人の――日本人、だろうか？　全体に色素が薄い印象の男だ。

じゃれ合うような距離感で、まっすぐにエレベーターへ進みながら、ちらっと美人な方の視線がこちらを確認する。

その予想外に鋭い眼差しに、清家はちょっとあせった。いや、別に悪いことをしているわけじゃないのに。

エレベーターの前にいたガードたちがその存在に気づいて、ちょっとびっくりしたようにガバッと腰を折って挨拶していた。どうやら知り合いらしい。……しかし、何というか、ヤクザの親分と姐《あね》さんを出迎える子分のようだ。

……何なんだ？

清家は一瞬、あっけにとられた。

と、携帯を使っていた男が短いやりとりを終え、美人の方に短く何かを伝えて、そろって二人の視線がこちらを向く。

……ななな何だ…っ⁉

さらにあせった清家だが、ガードの方が、どうも、というように軽く黙礼してきた。

どうやら、電話は身元確認だったようだ。真城にか、志岐にか。清家も軽く会釈して返す。

そして客らしい二人連れは次のエレベーターで上がり、残っていた二人はさらに電話で確認を受けて引き上げていく。距離はあったが、すれ違い際、もう一度、おたがいにぺこっと頭を下げた。

……真城さんだったら、何て自分のことを言ったんだろう？　まさか、恋人――とは言ってくれないだろうから、ＳＰ時代の後輩だ、とでも説明したのか。

と、それからすぐ、清家の携帯が振動してメールの着信を知らせてきた。

素っ気ない、まるで暗号のような、四桁の番号だけ。だが、今の清家にはそれで十分だ。

頬が緩むのを抑えられず、早足でエレベーターに乗りこむと、高層階のその番号の部屋へと急ぐ。

部屋の前で深呼吸して、チャイムを押して。

一秒、二秒、と待つ間が緊張する。

扉の向こうでかすかに人の気配がし、ふわっと目の前の視界が開けた。真城が立っている。

さっきロビーで見たのと同じスーツ姿で、まだメガネもかけたままだ。

「ま…しろさん……」

かすれた声がこぼれ落ちる。飛びかからなかったのを褒めてほしい、と思う。

「入れ」

真城の方はあっさりと、顎を振るようにして言うと、さっさと中へ入った。

清家もあわててあと追う。

「真城さん…、メガネ……」

それでもじわじわとこみ上げてくる感動を抑えながら口にした清家に、あぁ…、と思い出したように真城が指先でメガネを外した。

「ダテだよ。今回は通訳兼コーディネーターという立場だからな」

「あっ、あっ、かけててくださいっ。かけたままでいいですっ」

あわてて言った清家に、真城が胡散臭そうな目を向けてくる。そして、にやりと笑った。

「ほう？　おまえ、メガネ萌《も》えなんかあったのか？」

メガネをかけ直しながら、わずかににじりよられ、清家はあたふたと言い訳する。

「そうじゃないですけど。かけてるとこ、めったに見られないから、こう……レア感というか」

「バカ」

苦笑して、あっさりとあしらわれる。

そして真城がスーツの上を脱ぎながら、何気なく尋ねてきた。

「おまえ、明日は休みなのか？」

「あっ、はい」

思わず背筋を伸ばして、清家は答える。

「休み明けから、門真大臣担当にもどるということか？」

「そうです」

「だったら、一日、俺につきあえるな？」

「ええ、大丈夫ですけど。……でも、真城さんは仕事なんですよね？」

ちらっと笑うように聞かれ、おずおずと聞き返す。

「だから、その仕事につきあえと言ってるんだよ。今回の仕事は人手がいるんだ。……おまえ、副業は禁止だろう？　ただ働きさせてやる」

軽くネクタイをつかむようにして身体が引きよせられ、耳元で言われて、その吐息が触れるくらいの距離にドキリとする。

「……えーと、カラダで払ってもらっていいですよ？」

ちょっとうかがうように返すと、じろっとにらまれた。

「生意気、言うな」

「すみません」

素直にあやまる。

それでもクスクスと笑われて、案外、真城の機嫌が悪くなさそうなのにホッとする。

「あ、そうだ。『エスコート』に帰った時でいいですけど、高科さんにお礼、伝えといてくれませんか？」

真城が自分のネクタイを外し、ズボンも脱いで、スーツと一緒にきちんとハンガーに掛けるのを眺めながら、思い出して清家は言った。

しかしシャツの裾から剝き出しの足が見えて、さすがに視線が泳いでしまう。靴下はまだ穿《は》いたままというのが、さらに……エロい。

「高科？　どうしておまえが？」

しかし気にした様子もなく、真城がちらっと振り返って怪訝そうに聞き返す。

「あ、今日、帰国した議員さんですけど、そのプライベートで行きたい場所というのが、こっちにくわしい人間がいなくて。で、国沢さんが高科さんに頼んでリサーチしてもらったんですよ。すごい助かりました」

「ほう…」

それに真城が目を瞬かせて小さくつぶやく。そしてかすかに笑った。

「国沢と再会してから、可愛くなったよな、高科は」

そうなのか？　と清家は首をひねる。

というか、そもそも清家が高科に会ったのは、しばらく前に一緒に仕事をする機会があった時が初めてで、それまで「調査室」の存在は知っていても、中の人間はまるで面識がなかったのだ。今までの高科がどんなだったかがわからない。

でも、……そうなんだ。国沢さんと再会してから、ってことは、やっぱり恋人になってから、可愛くなったってことだよな。

ちょっとほんわかしてしまう。

相手が国沢というのは、なんというか、丸めこまれてないですか…？　と一回、聞いてみたい気もするが。

と、はっと思いついた。

「まっ、しろさんも…っ」

思わず勢いこんで言葉を押し出し、舌を嚙みそうになる。

「あ、あの…、俺と再会して……、その、ちょっと可愛くなったりしましたか……？」

国沢たちは、確か十一年ぶり、とかいう本当に長いスパンがあったらしいが、自分たちにしても五年ぶりに再会して、ようやくこんな関係に持ちこめた——もどったのだ。

真城が腕を組み、ちろっと清家を見上げてくる。

「そう思うか？」

「いやー…、あの、俺、会ってなかった時の真城さんのこと、わからないですし」

思わず視線を逸らせて、おずおずと答えた。

「昔と比べてどうなんだ?」

何気ない様子で清家に近づき、両手で肩を撫でるようにすると、指をすべらせて清家のスーツを脱がせながら、真城が続けて尋ねてくる。

——昔と比べて?

されるままになりながら、清家はふと、考えてみた。

以前、真城がまだSPだった頃につきあっていた時は……そう、もっと「先輩」とか「上司」という感じが強かったように思う。清家の中で、ということだが。きれいで、憧れて。真城とつきあえることだけで舞い上がっていた。……真城の内心も、気づかないままに。

——今は?

思わずじっと、清家のスーツを脱がせ、きちんとハンガーに掛けてくれている真城を眺めてしまう。

「どうした?」

怪訝そうに聞かれ、ハッと我に返るように清家は頭を掻いた。

「あの…、今の方が……可愛いと思います」

清家の方が照れるような気がして、ちょっと視線を外しつつようやく答えた。

やわらかくなった、気がする。もっと距離が近いのがわかる。気持ちも、心も。

……いやまあ、今でも清家に対しては、結構あたりがきつい時もあるのだが。

今でもやっぱりきれいで、この距離感や、肌に触れるだけでドキドキするけど、……なんだろう、今は憧れというより、もっと身近で、大切な存在だった。いっぱいに抱きしめて、大事にしたい。

そんな思いが身体いっぱいに湧《わ》き上がってくる。……実際のところ、おこがましい、と、鼻で笑われそうだけど。

「なるほど。昔の俺は可愛くなかったわけだな」

ちらっと意地悪く笑われて、清家はあわててバタバタと手を振りまわす。

「やっ、いえっ、そういうことじゃなくてっ」

「時間がないぞ。俺は明日も仕事だし、この二週間はまともに部屋に帰れないんだからな」

かまわず、真城は清家のネクタイを解くと、例によってテキパキと言った。

「さっさとシャワーを浴びてこい」

「はい。……あっ、でも真城さんもまだですよね？」

思いついて、うかがうように眺める。

「何が言いたい？」

気づいてはいるのだろうが、真城がとぼけたふりで聞き返してくる。

「や…、なんか、せっかくのホテルだし」

「おまえがダダをこねたからな」

ぴしゃりと言われて、すみません、と清家は首を縮める。

「そのー、もっかい、ダダこねていいですか？　……真城さんと一緒に風呂《ふろ》、入りたいです」

「贅沢だな」

わずかに眉を上げて手厳しく言った真城が、ふっと口元に笑みを浮かべる。

「だったら……、その気にさせてみろよ」

長い指が意味ありげに清家の頬を撫で、そのまま喉元までを撫で下ろしてくる。

「え…、と……」

とまどいつつも、清家は無意識にその手をつかみ、指先をくわえるようにしてキスを落とした。そして、そのままグッと手を引いて真城の身体を抱きしめる。

「あ……」

わずかにのけぞらせた首筋に唇を這わせながら、シャツ越しにきれいな背中のラインをたどった手が腰から足へとすべり落ち、剥き出しの腿に触れて、一瞬、あっ、と思う。しかし手のひらが吸いつくように、やわらかな内腿の感触を確かめてしまう。

「ん…っ」

真城がわずかに身をよじるようにして身体を押しつけ、早くも中心が危ないことになりそうだ。

「痕《あと》…、残すなよ…」

夢中で喉元を貪っていた清家は、いくぶんかすれた声で指摘され、あっと我に返る。

「はい…」

ようやく息をついて返事をし、そっと両手ですくい上げるように真城の頬を包みこんだ。

「真城…さん……」

許しを請うようにじっと真城の顔を見つめると、息をついた真城がちらっと苦笑する。目を閉じた真城の唇を、清家は夢中で味わった。

舌をねじこみ、絡めとって、何度も吸い上げる。無意識に真城のうなじのあたりをつかみ、引きよせるようにしながら、角度を変えて何度も何度も奪ってしまう。

真城の腕もいつの間にか清家の背中にまわり、きつく引きよせられている。

湿った音とかすかなあえぎだけが静かな部屋の中に響く。

やがて真城の手が止めるように、清家の顎に触れ、次の瞬間――。

「うっ、わ……っ」

膝頭《ひざがしら》でグリグリと中心が刺激されて、たまらず清家の足下が崩れてしまった。そのままもつれ合うようにして、床へ倒れこむ。

それでもなんとか、真城の身体は自分の上に抱え上げて死守した。

床へ伸びるようにして、ハー…、とため息をつく。

真城が清家の腹の上でクスクスと笑った。

「ココへの攻撃に弱いな」

「あたりまえですよ」

ズボンの上から指で撫でるようにしながら指摘され、むっつりと清家は返す。男なら、誰だって。

「もう少し鍛えろよ」

さらりと言われて、……それはつまり、そっちのことを言われているんだろうか？

満足、できていないということなのか？

うっ…、と思わず考えこんでしまう。

清家の上に乗ったまま、真城がおもむろに清家のベルトを外し、ファスナーを引き下げる。

楽しげに清家の顔を眺めながら、真城が下着の上からわずかに強く、揉《も》むように力を加える。

「……ん…っ」

清家は思わず、下腹部に力をこめた。しかし下着越しにも隠しようがなく、そこはあっさりと形を変え、今にもはみ出しそうになっている。

「おまえ…、着替えは持って来てるのか？」

手の中で清家の男をもてあそぶようにしながら、真城が聞いてくる。

「い、いえ…」

「準備が悪いな」

「……すみません」

相変わらず、初歩的な指導を受ける。が、まったくそうだ。いやしかし、準備万端で来るというのもどうかという気はするのだが。

「だったら汚さないように気をつけろ」

澄ました顔でそんなことを言いながらも、意地の悪い指はさらに器用に動いて下着の上から清家のモノをこすり、狙い澄ましたように先端を爪でいじられる。

「つっ…っ、——んっ、あ…ッ、ま、真城さん……っ」

こらえきれずに、にじんだものが下着に濃い痕を残し始めてしまう。ヤバい、と思うが、どうしようもない。

多分、真城が……メガネをかけたままなのが悪いのだ。いつにない景色で、妙に興奮してしまう。

「仕方のないヤツだな…」

喉で笑い、真城が無造作にズボンと一緒に下着を引き下ろした。

「わ…っ！　ちょ…、真城さん…っ？」

あせって声を上げたが、膝に乗られているような状態ではまともに抵抗もできない。

自分の節操のないモノが恥ずかしく飛び出し、さらに恥ずかしく先端を濡らしているのに、清家はたまらず目を泳がせてしまう。

「ま…、真城さん……っ」

と、いきなりその自分のモノがやわらかく、温かいものに包まれた感触にハッと息を呑《の》む。

気がつくと、真城が清家の股間に顔を伏せ、口で清家のモノを愛撫《あいぶ》していた。

「う…っ」

まともに目にしたその光景だけで、身体の中から一気に何かが吹き出しそうな気がする。それでも、なんとか腹に力をこめて踏ん張った。

真城の舌が自分のモノに絡み、丹念にくわえこまれる。根元の双球が交互に、丁寧に口の中でしゃぶり上げられ、裏の筋からくびれ、そして早くも先走りをこぼしている先端の小さな穴までたどられて。溢《あふ》れ出したものをネコのように舌先でなめとられ、先端がつっつかれ、軽く吸い上げられて、たまらず腰が揺れる。

喉を突いて息苦しかったのか、真城がいったん口から離し、ちらっと上目遣いに清家を見た。

「あ……」

その濡れた眼差しがあまりにも淫らで…、色っぽくて。

「くそ…っ」

たまらず清家は真城の髪をつかみ、押しつけるようにして自分の男をくわえさせていた。

真城の手が清家の内腿をつかみ、さらに激しく口を使う。もう片方の手が根元のあたりを撫でながら、再び先端までなめ上げ、すでに血管を浮かせるくらいにいきり立ったモノに頬をすりよせる。

「ま…しろ…っ、さん……っ、——もう……ッ」

喉の奥までくわえこまれ、きつく先端を吸われて、真城の髪をつかんだまま、清家はたまらずガクガクと腰を振った。

清家をくわえたまま、真城がちらっと上目遣いに清家を見た。小さく笑うと、さらに激しく舌を絡められる。

「くっ…、う…っ、――あぁぁ……っ！」

その舌技にこらえきれず、清家は真城の口の中に解放してしまう。

情けない、とは思うが、真城は…、うまいのだ。口でするのが。ホントに。……誰に教えられたのか、考えると腹が立ってくるくらい。

脱力して、ぐったり絨毯へ沈んだ清家の上で、真城が指で口元を拭いながらゆっくりと上体を起こした。清家と目が合うと、小さく笑う。

「メガネプレイと…、風呂と、どっちか選ばせてやる。どっちがいい？」

そして清家の腹の上で自分のシャツのボタンを一つずつ、見せつけるようにして外しながら、真城がにやりと笑って聞いてくる。

「えっ？　……えっ？」

とたんに清家はパニックになった。そんな、どっちかなんて選べるはずがない。

「いや、あの………どっちもお願いしますっ！」

思わずそんな声が飛び出してしまう。

「ワガママだな…」

喉で笑われて。

「メガネ、壊すなよ。明日も使うんだから」

清家に覆い被さるように、わずかに身をかがめた真城のシャツの前がはだけ、胸がおいしそうに剥き出しになる。

「あの…、その、か、かけるのはアリですか？」

誘われるように手を伸ばし、真城の胸に触れながら、清家は尋ねていた。

「……おまえ、どんなAVを見てるんだ？」

あきれたように白い目で見られ、……いや、それは男の夢だろう！　と力強く思うのだが。

「え、と…、その……」

口ごもりながらも手のひらがわずかに汗ばんだ肌に吸いつき、離せなくなる。感触を確かめるように撫でまわし、指先が小さな突起を見つけて軽く押し潰す。

「あっ…」

真城の身体が腹の上でわずかにくねり、突き放そうと伸びてきた手を反射的に押さえこんで、清家は執拗《しつよう》に指で乳首をいじめる。真城の表情を見つめながら、指先で転がし、摘まみ上げて引っ張り、きつくひねって。

「あぁ…っ」

真城がなまめかしく上体をのけぞらせる。その声だけで、さっきイッたばかりの下肢がドクッ…と脈打った。

まだ下着を着けたままの真城の下肢と、自分の中心が熱くこすれ合う。薄い布一枚を挟んでいる感覚が、妙に生々しい。

うっすらと微笑んだ真城が緩く腰を動かし、さらに清家のモノを追い立てる。

たまらず清家は両手を伸ばして、真城の下着を強引に引き下ろした。

「んっ…、あぁ…っ」

真城が清家の上でバランスを崩し、倒れこむ。それを両腕で抱え、そのままの体勢から清家は一気に身体を起こした。あっという間に上下を入れ替え、膝のあたりで邪魔になっていたズボンを蹴り落とすようにして脱ぎ捨てる。

「……真城さん…っ」

真城の両手首を絨毯に縫いとめるように押さえこみ、唇を奪う。きれいな両足を抱え上げて、すでに兆《きざ》していた中心を口にくわえた。

「あぁ…っ！　……んっ…、あ…っ……」

真城の甘いあえぎ声が耳に届き、さらに全身が熱くなる。

そのまま奥へ続く溝へ舌をすべらせ、丹念になめ上げてから、行き着いた窄《すぼ》まりに唇で触れる。

可愛らしく収縮する襞《ひだ》へ舌先をねじこみ、たっぷりと濡らしてやる。

「……あっ…ん…っ、あぁ…っ、あ……清家……っ」

真城がねだるみたいに呼んでくれるのに、わくわくする。形よく反り返した前を片手でつかみ、手の中でこすり上げながら、さらに後ろを舌で愛撫する。

溶けてヒクつき始めた襞をかき分けるように指をねじこみ、中を馴らしてやると、さらにこらえきれないように真城の身体が熱くよじれる。

「真城さん……」

たまらなかった。自分の愛撫に感じてくれているのだと思うと、それだけで泣きたくなるくらいうれしい。

ようやく覚え始めた真城の中のイイところを指先でこすり上げ、二本に増やした指で中をかき乱す。

「あぁ…っ、もう……っ、……早く……しろっ」

腰を振り立てていた真城が涙目でにらむようにねだってきて、ゾクゾクと興奮と歓喜で体中が沸き立つ。

「入れますね……」

汗に濡れたこめかみのあたりの髪をかき上げてやり、清家は媚《こ》びるようにヒクヒクとうごめいている場所へ、自分のすでに先走りに濡れたモノを押し当てた。

「清家……っ」

せかすように、真城が清家の腕に爪を立てる。

真城の腰をわずかに抱え上げ、清家は一気に自分のモノを突き立てた。

「あぁぁぁ……っ」

真城の身体が大きく反り返る。かまわずその腰を引きよせ、清家はさらに深く押し入れた。

揺すり上げ、大きくえぐるようにまわし、激しく抜き差しする。

「あぁっ、いいっ、――いい……っ」

浮かされるように口走りながら、真城が無意識にだろう、片手でいっぱいに反り返している自分のモノをこすり始める。

あ、と気づいた清家はそれを強引に引き剝がした。

「な…っ」

ハッと気づいたように、真城が目を見開く。

「ダメですよ。後ろだけでイッてください」

めずらしく、一瞬だけ立てた優位に、清家は優しく、傲慢《ごうまん》に命令する。

「おまえ……っ」

真城がうっすらと涙をにじませた目でにらんできたが、それもゾクゾクするくらい色っぽくて、可愛くて。

真城の手を捕らえたまま、清家はさらに荒々しく腰を揺すってやった。

「やっ…、――んっ…、あぁぁ……っ」

こらえきれないように、真城も腰を振り立てる。中のモノがぎゅっと収縮し、いっぱいにくわえこまれ、今にも持っていかれそうだ。

「真城さん…、イッて……ください…っ」

必死にこらえながら清家はうめき、真城の腰を高く掲げるようにすると、さらに奥深くまで突き入れる。

「あっ…、あぁぁ……っ！」

真城の身体が大きくよじれ、仰け反って、達したのがわかる。快感の証が真城の胸に、そして顎のあたりまで飛び散っていた。

その瞬間、きつく締めつけられ、清家も爆発するみたいに真城の中にたたきつけた。

長く続く余韻に、清家はしばらくまどろみ、ようやく身体を離す。

こんな……ベッドはすぐそこなのに、床でやるなんて、と今さらながらに赤面する。

荒い息をつきながら、絨毯でぐったりとしたままの真城がじろりとにらんできた。

「風呂もメガネプレイもナシだな…」

「そっ、そんな……っ」

冷酷な通達に、清家の方が涙目になった——。

◇　　◇

警護対象である世界的なハリウッド俳優と映画監督は、一番奥の格子の仕切りで隔てられた、掘りごたつの座敷席で、真城が同席していた。「通訳」がいないと、メニューを頼むのにも、その内容を推し量るのも難しいからだろう。

延清も、一応、ＶＩＰたちの顔は知っていたが、俳優の方は商売柄か、かなりうまく「変装」しているといると思う。変装というほど凝っていないところがよいのだろう。茶色のカラーコンタクトと、ラフな帽子、髪はウィッグだろうか、少し長めの癖毛を後ろでまとめている。監督の方はもともと地味な雰囲気で、特に変装はしていなかったが、印象がいつもと少し違うのは、メガネが違うせいか。

延清たちはＶＩＰが入ったのを確認し、その直後に店に入るようにしていた。

「――らっしゃいませ！　えっ、律？」

律の大学の友人である外山《とやま》という男がここでアルバイトをしているので、そのタイミングが一番、前の客の印象を打ち消せるだろう、ということだ。

律の姿に、外山が目を丸くする。店の制服なのか、作務衣姿に黒いエプロンを着けている。

「えっ、めずらしいな。律が外に飲みにくるなんて。……あ、どうも」

一緒にいた延清とも一応面識があり、首を突き出すように軽く頭を下げてくる。

「今日は延清と時間が合ったから。たまには外で食べようかと思って。……空いてる？」

律がそんなふうに説明している。

「ああ、今日は平日のわりに混んでるんだけどな。大丈夫だ。カウンターでいいか？」

言いながら、外山がカウンター席の端の方に案内してくれる。

ちょうど、ＶＩＰの座席を背にする形で、そちらを気にしている客や店員がいればすぐに気づけそうだ。

律が何気ないようにそちらの座敷を盗み見て、パッと一瞬、顔を輝かせたが、あっ、と延清の表情を上目遣いに確かめてから、素知らぬふりでカウンター席に着いた。

……妬いてる、とか、昼間にユカリが言いやがったことを気にしているのだろうか。

妬いているとか、どうとか、正直、延清の感覚にはない。どういう感覚が「嫉妬」なのかもわからない。それほど、何かに執着したこともなかったから。

ただあの時は、ちょっとムッとした感じで思わず手が出ていたのだ。

自分でもわからない、というところが問題だな、とちょっとため息が出るが、……ただ、それが何か危険につながるかと言えばそういうわけでもなく、延清としては受け流すことにしていた。

律にまつわるその手の処理できない感情は時々、ひょっこりと現れることがあり、しかし突き詰めて考える必要もない気がして、……ただそのまま、そういうものだと受け止めることにしている。

外山が言ったように、席のほとんどは埋まっていた。が、あちこちに見たような顔がある。

ちらっと目が合ったりもしたが、おたがいに知らないふりでそのまま逸らせる。

VIPのいる座敷の、格子を挟んだ一つ手前では三十過ぎくらいの女が部下らしい男に説教を垂れながら、豪快に飲んでいた。それも知った顔だ。

延清はアルコールを遠慮していたのだが、有里はしっかり本番だ。参加するとは聞いていなかったが、飛び入りなのだろう。つまり「任務外」のボランティア。一番広い座敷の方では、警察関係っぽい若い連中がハメを外して騒いでいる。

他は、会社帰りらしい中高年のグループと、カップルが二組。パパラッチらしい姿はない。

「どうぞ。メニューです。飲み物、何にします？」

「俺はウーロン茶で。……おまえは飲んでいいぞ」

メニューも見ずに頼んだ延清に、あ、と律が困ったように顔を上げる。

延清としては、一応「任務」でもあるので酒は控えることにしているが、こんな場所だと、律は飲んだ方が自然だろう。

「あっ、ひょっとして車ですか？　フェラーリっ？」

外山がわくわくしたように聞いてきて、そうではなかったが、延清はああ、とうなずいて返す。

「えっと、じゃあ、僕は…、梅酒のソーダ割りで」

律が急いで注文し、まいど、と外山がいったん下がった。

やはり少し緊張しているのか、律がホッ…と肩を落とす。そして渡されたメニューを開いた。

「何、食べる？」

なぜかわくわくしたような顔で聞いてくる。

「適当でいい」

「でも、何か好きなのもあるでしょう？」

投げやりに答えた延清にかまわず、律が真剣にメニューを見つめ、いくつか気になったものを小さな声で読み上げる。

「とりあえず、お造りと、焼き魚も欲しいかな。あと…、唐揚げは？」

首をかしげて聞かれ、ああ、とうなずく。

正直、食べ物へのこだわりはほとんどない。好き嫌いもない。

「何にする？」

飲み物を運んで来たタイミングで外山に聞かれ、律が食べ物の注文を出した。

三つ四つ頼んでから、さらに迷うようにメニューをめくっていたが、ふと手を止めてつぶやいた。

「へー、懐かしい。タコさんウィンナーとかあるんだ」

「結構人気なんだぜ。リーマンとか、ＯＬさんに」

そんな外山の言葉に、律がちらっと顔を上げて聞いてきた。

「食べてみる？」

「そうだな」

それに延清はうなずいて答える。

「乾杯。……こういうところだと、一応、しないと」

梅酒ソーダのグラスを持った律にうながされ、延清もウーロン茶のグラスを持ち上げて軽く端を合わせた。

軽いガラスの音。妙な気持ちだったが、律がちょっとうれしそうにしているのは悪くない。

誰かとグラスを合わせるようなことは、延清は今までなかった。仕事の打ち上げなども、延清のチームだとやらないのだ。プライベートでのつきあいは、ほとんどない。

もちろん「エスコート」の中で暮らしていれば、ジムで会ってトレーニングにつきあうようなことはたまにあるが。あとは、めずらしく良太郎とはバイク仲間、車仲間で、延清のバイクを貸してやることがあるくらいだろうか。

「はい、お待たせしました！」

威勢よく運ばれてきた皿に山盛りになっているタコウィンナーに、延清はちょっと目を見張る。

赤いのと、白っぽいのが半々くらいだろうか。小ぶりなウィンナーだが、二十個ほどが積み上がっている。

「うわ…、ひさしぶり…」

つぶやきながら、律が箸を伸ばした。延清も一つ摘まんで口に入れる。

「お弁当に入ってたこと、ある？」

律が小さく尋ねてくる。

そう。弁当によく入っているものなのだろう。ただ基本的に給食だったので、印象は薄い。

たまに学校で弁当の日もあったが、母が作ってくれたことはほとんどなかった。金を渡されて、コンビニで買うだけだ。

……いや、それでも一度だけ、弁当に入っていただろうか。小学校低学年の、遠足の時。

めずらしく母の機嫌がよかったのか。

「あぁ」

短く答えた延清に、律が大きな笑顔を作った。

「好き？」

続けて聞かれて、延清はうなずく。

悪くない。……もっとも味は、素材程度の味なのだろうが。

「じゃ、今度お弁当作ることがあったら入れるね」

「卵焼きとポテトサラダも」

なんとなく、そんなイメージがある。同級生の子の弁当に入っていたのは。

「入れるよ」

律がくすぐったそうに微笑む。

外山はやはり二人が気になるようで、時々、声をかけてきていた。カンは鋭そうな男だったが、そのおかげで奥へ注意が向かなかったのは、やはりよかったのだろう。

延清たちが部屋にもどってきたのは、夜の九時半くらいだった。

律は梅ソーダをジョッキ二杯くらい飲んで、足下や言動が危ういほどではないが、めずらしくほろ酔いという感じだろうか。

少しばかりけだるそうに、延清にもたれかかってくる。

リビングのソファにいったん落ち着いた律に、冷蔵庫からミネラルウォーターのペットボトルを持ってきてやる。

「あ…、ありがと」

受け取って、半分くらい一気に飲んでから、ほっと息をつくように律が言った。そして、くすぐったそうに笑う。

「すごく楽しかった。……初デートかな？」

「デート？」

無意識に聞き返した延清に、律がうなずいた。

「ほら…、買い物のついでとかにご飯食べたりしたことはあるけど、外に夜、飲みに行くことってなかったから。あっ、でも延清は仕事だったんだよね」

思い出したように律が口元を押さえる。

「でも、ちょっとラッキーだった。おいしかったし、経費だしね」

やはりアルコールのせいで気分がいいのか、ふわふわと笑っている。

――デート…、か。

多分、延清は「デート」は何度もしたことはあるのだろう。女とつきあっていた頃は、よく食事にも誘われたし、そのままバーで飲んで、ホテル、というお決まりのコースも多かった。おそらくそれは、「デート」だ。

ただそれは、延清にとっては一つの儀式のようなものだった。楽しんでいたわけでもない。むしろ、退屈な時間でしかなかった。さっさとやることだけやって、すっきりとしたい、というくらいの。

……こんなに。他人と一緒に、自然にいられたことはなかった。

特に何かをしゃべる必要もない。無防備に、ただ一緒にいるだけの時間が苦痛ではなく、落ち着いていた。

律の作る時間。律の作る空間だ。

静かで、穏やかで。熱すぎず、人肌の分だけ温かで。心地よく、呼吸ができる。

「延清？」

じっと見つめたままの延清に、律が首をかしげる。

だがそれも、何かを聞きたくて、ということではない。何かが疑問なわけではなく、……一緒にいていいのか、それを尋ねてくるような。

「何か…、俺にしてほしいことはあるか？」

なんとなく——本当になんとなく、そんな言葉が口からすべり出した。

律が……自分に何を望んでいるのか。ふいに、それが知りたくなった。

なぜ、ここにいるのか。なぜ、自分と一緒にいるのか。

自分が律に何を望んでいるのかも、特に考えたことはなかったが。

律がちょっと目を瞬かせる。そして、そっと手を伸ばしてきた。

指先が延清の頬に触れ、ことん、と額が肩に落ちる。

「無茶しないで。ちゃんと…、無事に帰ってきて」

小さな声がささやくように言った。

「それだけ」

かすれた声で言った言葉が耳に、身体に沁みこんでくる。

思わず息を吸いこみ、延清は律の身体をきつく抱きしめていた。

小さく声を上げたが、あらがうことはなく、律もぎゅっと背中に腕をまわしてくる。

「好き、だから…。ずっと、一緒にいたいから……ね」

吐息のような声で言うと、律がわずかに顔を上げた。

指で延清の顎に触れ、伸び上がるように、そっと、唇にキスを落とす。

喉元に。そして、少しはだけていた胸に。

わずかに潤んだ目が、延清を見上げてくる。

――酔ってるのか……?

一瞬、何も考えられず、どう返していいのかもわからなかった延清だが、ようやくそれに気づく。

……だが、別に問題はなかった。律の言葉に嘘《うそ》があるわけではない。

少し胸が疼《うず》くように温かく、くすぐったい。

律が酔っているのだと思えば、妙に気が楽に答えられる。

「あぁ…、そうだな」

何気ないように口にすると、律がふわっと笑った。

瞬間、何かが身体の中を突き抜けたような気がした。

衝動——にも似た、熱だ。

延清はほとんど反射的に、その身体をソファに押し倒す。両腕をつかみ、きつく押さえこんだまま、唇を奪った。

「……んっ…、あ…っ…」

深く唇を重ね、舌をねじこんで。奥に隠れた小さな甘い舌を絡めとって、ほとんど食らい尽くすみたいに味わう。おたがいの唾液が混じり合い、そのうちどちらの舌なのかもわからなくなる。

しばらく、何度もキスだけを続け、律もそれに応えてくる。

やがて立ち上がった延清は、律の身体を抱き上げ、そのまま寝室へ運びこんだ。

抱きたかった。やわらかな熱を体中で感じて、それに包まれて眠りたかった。

生理的な欲求……だけではない、他の何かが律を求めているのだろうか？

「嫌か…？」

ベッドに腰を下ろし、上からじっと律を見下ろして、めずらしく尋ねる。

「ううん…」

静かに見つめ返し、首を振った律が小さく微笑んだ。

細い腕を伸ばし延清の首にまわすと、身体を起こして、そっとキスをくれる。

延清はその身体を抱き上げて、キスを続けながら、律の服を脱がしていく。いつになく不器用に、あせるみたいに、シャツのボタンがいくつか飛んでしまう。

律の身体をベッドに押し倒して、前を手荒くはだけさせると、延清は薄い胸へ指を這わせた。

「あ……」

手のひらで確かめるように脇腹から胸を撫で上げると、律がかすかなあえぎ声をこぼす。

片方の小さな乳首に触れ、指先でもてあそびながら身体をかがめると、首筋から喉元へと唇を押し当てた。

舌を這わせ、唇で吸い上げ、時折、軽く歯を立てる。

「あっ…、ん……」

腕の中で、ビクン、と小さな魚みたいに律の身体がわずかに跳ねる。

なぶっていた乳首が硬く芯《しん》を立て、誘われるように延清はそれを口に含んだ。

「んん…っ、あっ…、ん…っ、——あぁ……っ」

舌先で転がし、唾液をこすりつけるようにして丹念になめまわし、きつく吸い上げてやると、律の身体が痙攣《けいれん》するように仰け反る。さらに濡れて敏感になっていた乳首を指で摘まみ上げ、爪でこすり上げてやる。

「あぁあっ…、——んっ、あぁっ…、ダメ…っ」

律が泣きそうになりながら身をよじり、必死に訴える。しかし無意識にも両膝をこすり合わせるようにしていた。

気がついて延清はいったん手を離し、律のズボンのボタンを外すとファスナーを引き下げ、下着ごと、一気に引き下ろした。

「あ…っ」

とっさに律が足を閉じ、身体を折り曲げて隠そうとしたが、延清は足首をつかんで、無慈悲に大きく開かせた。恥ずかしくあらわにされた中心では、すでに形を変え、反り返したモノが先端から蜜《みつ》をこぼしている。

「やぁ…っ」

両腕で顔を隠した律にかまわず、延清は再び胸の小さな突起に指を這わせた。

唾液に濡れて、尖っている乳首を今度は指で押し潰し、さらにねっとりとなめ上げてから、甘嚙みする。

「あぁぁ……っ！」

律がたまらないように大きく身体をよじった。

「ここが、気持ちがいいか…？」

じっと律の顔を見つめ、指でこするように小さな乳首を刺激しながら、延清は尋ねた。そんなことを、今まで相手に聞いたことなどなかったのに。

律は必死に顔を背けて、表情を隠すようにしながら答えない。

「律？」

さらに執拗に指で摘まみ上げながらしつこく尋ねると、律が腕の隙間からちらっと延清の様子をうかがってくる。

ちゃんと答えないと解放されないと悟ったのだろう。

「……ちょっと…、恥ずかしい……」

小さな声がうめいた。

「ここで感じるのが？」

「やっ…！　もう……っ、そこ……ダメ……っ」

重ねて聞きながら、指ですっかり固くなった乳首を転がし、さらに唇でついばんで、歯でわずかに引っ張るようにして嚙み上げてやると、真っ赤な顔で律がたまらないように声を上げた。

身体をねじこんで広げさせたままの中心からは、とろとろと蜜が溢れ出してしまっている。

ほとんど息も絶え絶えの様子で、律は熱い身体をよじり、あえいでいた。

そんな律の顔に、もっと泣かせたい、と思ってしまうのは、なぜだろう？

本当は律が嫌いだから、なのか？

……だが、そうではない、と、それだけはわかっている。

延清は律の両足を抱え上げると、腰をわずかに浮かせた。

片方の内腿を撫でながら、もう片方に唇を這わせていく。時折きつく吸い上げ、やわらかな、白い肌にくっきりとした痕を残してやる。

「んっ…、あぁ…っ」

びくん、と律の腰が揺れ、切なげに反り返した先端から滴が茎を伝ってこぼれ落ちる。

それを手の中に握りこみ、優しくこすり上げながら、根元の双球を口に含んだ。

「あぁぁ……っ！」

律の身体が大きく跳ねる。かまわず押さえこんでたっぷりとしゃぶり上げると、そこからさらに奥へと舌をすべらせた。

細い溝を舌先で何度も行き来し、そのあとをたどるように指でこすり、奥の窄まりに舌をねじこむ。

「やぁ…っ」

とたんに逃げようと律が腰を引いたが、力ずくで引きもどすと、両足を折り曲げるようにして抱えこんだまま、後ろへの愛撫を続けた。

舌先が襞に触れるたび、ぎゅっと硬く収縮し、異物を拒もうとする。しかし根気よく続けると、やがて唾液を滴らせた襞はやわらかくほころび、舌に絡みついてくるようになる。

「あぁっ…、……あっ…ん…っ、あぁぁ……っ」

指で溶けた入り口を押し開き、さらに奥まで尖らせた舌を差し入れると、律の腰が小刻みにうねり、甘い声をこぼし始める。

いったん口を離し、延清は指先でそこを探った。

人差し指をあてがうと、吸いつくように襞がうごめき、くわえこんで奥へ導こうとする。

延清は指を根元まで埋め、何度か抜き差しすると、今度は二本そろえて、中へ押し入れる。

「あぁっ……、——いい……っ」

律の身体がわずかに伸び上がり、ぎゅっときつく、指がくわえこまれた。

締めつけてくる抵抗を楽しみながら指を出し入れし、二本の指で中をかき乱して、さらに探り当てた小さなしこりを突き上げてやる。

「——あぁぁぁ……っ！　そこ…っ、……やぁ…っ」

こらえきれないように、律が大きく腰を跳ね上げた。

そのあまりに激しい動きに、後ろから指が抜けてしまう。

思い出して、延清はもう片方の手で律の前をこすり上げてやる。くびれをなぞり、先端を指の腹で揉みこんでやると、必死に何かをこらえようとするみたいに律の身体が大きくくねり、片方の指がシーツを引きつかんだ。

そしてもう片方の指は、無意識にだろう、自分の乳首をいじっている。

「そこが好きなのか…」

つぶやいて低く笑い、延清はいったん前を愛撫していた手を離すと、もう片方の乳首を指先で転がしてやる。

「あ…っ」

それでようやく、律は自分がしていたことに気づいたようで、カーッと火がついたように顔を赤くした。それでも手は止まらないようで、指先で自分の胸をこすり上げている。

いったん身体を伸ばした延清は、律の甘いあえぎをこぼす唇にキスを落とし、再び足を抱え上げた。二本の指で襞をかき分けると、ねだるみたいに吸いついてくる。それを無慈悲に押しのけ、中へ含ませて、指先で狙った場所を愛撫してやる。

「あぁっ…！　……あっ…んっ、あぁっ…、ダメ……っ」

律がぎゅっと目を閉じて腰を揺すり上げるのを見つめながら、蜜を滴らせながら震える前を口にくわえた。

「あぁぁぁ……っ！」

前後に与えられる刺激に、律の身体が大きくのたうつ。

「あぁっ…、もう……っ、……やぁ……っ」

声を上げ、かきむしるみたいに延清の髪につかみかかる。

延清は後ろを指で突き上げながら、口の中で律をこすり上げ、舌を絡めた。先端の蜜をなめとってから、いくども甘噛みしてやる。

「ダメ…っ、ダメ……っ、もう……っ」

瞬間、大きく身体を仰け反らせ、律がとうとう弾けさせた。

口の中に溢れたものを飲み下し、口元を拭いながら、延清は顔を上げた。

ぐったりとシーツに沈んだ律が、荒い息をつきながらうつろな目で延清を見つめてくる。

やがてその目に光がもどり、もぞもぞと身体を動かすと、手を伸ばして延清の中心に触れてきた。

まだ下は穿いたままで、下肢がひどく窮屈になっているのが自分でもわかる。

律が重そうに身体を起こすと、延清のデニムのボタンを外し、ファスナーを引き下ろした。

延清が膝立ちになると、律が力をこめて下着ごと腰からずり下ろす。すでに隠しようもなく、形を変えた中のモノが律の目の前に飛び出してくる。

ちょっと驚いたように目を見張ってから、ふわっと笑うと、律はためらいもなくそれを口にくわえこんだ。

「ん…っ…」

喉の奥から、小さなうめき声がもれる。

うまいとは言えないのだろう。それでも一心に、口で悦ばせようとする。その表情に、腰の奥がジン…、と痺れるようだった。

無意識に伸びた手が律の髪を撫で、頬を撫でる。

あっという間に延清のモノは律の口に余るほど大きく成長してしまい、それでも続けようとする律を、延清が引き離した。

「あ…っ」

夢から醒めたように延清を見上げ、そしてすでに先走りをにじませたモノをそっと両手に包みこむ。

「中…、来て……」

吐息だけで律が言った。

「延清の……、欲しい……から」

じっと延清を見つめ、律がそっと微笑む。

瞬間、息が止まるようだった。と同時に、身体の奥は熱く何かが溢れそうになる。

とっさに延清は律の髪をつかみ、唇を奪った。

細い身体を抱きしめ、深く味わうと、そのまま身体を押し倒す。

両足を抱え、望む場所へ自分のモノを押し当てた。

「律……」

それでも息を詰め、うかがうように——尋ねるように、じっと律の顔を見下ろした。

律が両手を持ち上げ、延清の肩にしがみついてくる。

その身体を引きよせると同時に、延清は律の中を貫いた。

「——んっ…、あぁぁ……っ」

甘い声を上げ、腕の中で律が大きく身体を反り返す。

それでも離れないように両足は延清の腰に絡みつき、延清もさらに深く突き入れながら、その身体を強く抱きしめた。

ドクドク…、と自分のモノが律の中で脈打っているのがわかる。

温かく、心地よい場所だ。

腕の中にある大きさが、熱が、身体に馴染んでいた。

「律……」

無意識にその名を呼ぶ。

「ん…、延清……っ」

背中にまわった指が、ぎゅっと爪を立ててくるのがわかる。それも心が震えるようにうれしい。

「離さない……」

ささやくようにこぼれた声に、律が泣きそうな顔で笑った——。

◇　　　◇

「たっだいま——っ！」

チャイムも鳴らさず、勝手にズカズカと人の部屋に入ってきた、一応警察官のはずの男は、ひどく上機嫌だった。

——ただいま、って何だ…？

キッチンで夕食の片付けをしていた環は、それでも「おかえり」とむっつり、応えてやる。

いや、一応、嫌みのつもりだったが、相手には通じていないだろう。

「おぉぉぉ…っ。やっと帰れたよー。マジ、この十日間、まともに帰れなかったもんなぁ…」

リビングのソファに倒れこむようにして、祥吾が大きな息をつく。

その間、着替えはどうしてたんだ？　とか、風呂には入ってたのか？　とか聞きたいところだったが、……まあ、警護の「仕事中」であれば、議員に失礼にならない程度の身だしなみは整えていたはずだ。着替えのほとんどをこの部屋に置いている現状では、どこでどう着替えていたのかわからないが。会社……というか、官庁のロッカーに着替え一式があるのかもしれない。

「あ、もう飯食った？」

「終わったところだ。……パスタくらいなら、作ってやるけど？」

「あっ、大盛りなっ」

それでも、さすがに仕事が大変そうだったのは環もわかっており、めずらしくそう声をかけると、うれしそうに声を弾ませる。

というか、まあ、今日が仕事上がりなのは環も知っていたし、帰ってくるだろうことは予想していたので、夕方からデミグラスのミートソースをじっくりと作っていたのだ。ボロネーゼではなく、肉がゴロゴロ入っているヤツだ。

「その間に、風呂に入ってこいよ」

大きめの鍋に湯を沸かしながら言った環に、祥吾がにやりと笑った。

「なんか、アレみたいだな」

のっそりとキッチンにいた環の後ろに近づいてくると、肩に顎を乗せるようにして、背中からぎゅっと抱きしめてくる。

「あれ？」

肘でその腕を邪険に払いながら、環は聞き返した。

「注文の多い料理店。料理を作ってやるふりで、客を裸にして食っちまおうってやつ。……恐いなー。俺、環に食われるかも？」

「うるさいな。だったら世の中の、家に帰って先に風呂に入るダンナはみんな食われるのか？」

くだらない言いがかりにむっつりと返した環に、祥吾がにやにやと続ける。

「かもなぁ…。あっ、でも新婚さんなら、アレ、言ってくれなきゃな。『お風呂？　お食事？　それとも、ア・タ・シ？』ってやつ」

「さっさと行けっ」

誰が新婚さんだっ、と知らず、頬が熱くなる。

声を上げた環にかまわず、祥吾がひょい、とコンロにあった大きな鍋の蓋をとった。

「おっ、すげぇ…！　……なんだ、夕飯、作ってくれてたのか？」

中身は例のミートソースだ。たっぷりと三人前くらいはある。……なにしろ、よく食べる男なので。

「ちっ…違うっ。俺が自分に作った残りだっ」

あわてて環は言い訳するが、いかにも苦しい量だ。

「すげー、うれしい」

無邪気な笑顔で言うと、大きな身体で環を壁際に追い詰め、それこそ壁ドンするような体勢でキスを仕掛けてくる。

「おいっ…、ちょっ…、――ん…っ」

とっさに突き放そうとしたものの、しょせん現役のＳＰと事務職だ。相手にならない。

何度も唇が奪われ、だんだんとそのキスが深くなる。そしてそれにつれて、環の身体から力が抜けてしまう。

力強い両腕が環の身体を包み、逃がさないよう、きつく拘束してから、さらにキスを続ける。

「……あ、ありがとな。リサーチ。すごい助かった」

頬をすりよせ、手のひらでシャツ越しに探るように胸を撫でながら、思い出したように祥吾が耳元で言った。

例の議員のヤツだろう。

「別に…、あのくらいは」

ずるがしこい男の指はシャツの上から環の小さな突起をもてあそび、環はとっさにその手首を押さえこむ。が、指はいたずらをやめず、必死にうわずりそうになる声を抑えながら答えた。

「今夜はその礼もかねて、たっぷりとご奉仕するから。な？　なにせ、十日も環のカラダ、ほったらかしにしちゃったんだもんなァ…」

にやりと笑って言うと、その合図のように乳首がシャツの上からきつく摘まれる。

「――つ…っ。べ…、別に…っ、何も……しなくていいから…っ」

とっさにあえぎ声を押し殺すが、男は仕上げのように、指でなぶった乳首にシャツの上からキスを落とす。

「バカっ、早くいけっ」

顔を真っ赤にして、環は嚙みつく。

「了解。風呂でカラダをピッカピカにしてくるから。飯食ったあとで、デザートもおいしく食わなきゃだからな」

いかにも意味ありげに言って、ようやく男がバスルームの方に消えていく。

――オヤジが…っ。

その背中をにらみながら、環は無意識に腕を組んで、身体の奥で頭をもたげ始めた疼きをこらえる。

実際、十日ぶり、なのだ。今夜は…、と、環にしても考えなかったわけではない。

祥吾がこの部屋に転がりこんで来てから、もちろん毎日ではないし、祥吾も仕事で泊まりは多い。

それでも週に二回か三回、は、なんだかんだで一緒に寝ている。……いや、そもそも、ベッドが一つしかないから、仕方がないのだ。部屋数は多かったけれど。

否応なく、身体は馴染んでいるのかもしれない。祥吾の帰ってこない部屋は、ひどく静かだった。

昔はあたりまえだったそんな静けさが、妙に落ち着かなくなっている。

シャワーの音。誰かのいる気配。

洗濯物は増えるし、覚えのないものは増えるし。散らかっているし。

ろくでもないことばかりなのに、それが妙にうれしく、安心する。

沸き立ったお湯に気づき、環は三人前のパスタを放りこんだ。


翌日、環の出勤は時間ギリギリだった。

自分の部屋から職場のイスまで、ほんの三分の距離だったが、ふだんの環なら三十分くらい前にはいつも下りてきているのだ。

なのに、危うく遅刻しそうになることがこの数カ月で何度かあって、初めの頃はそれこそ「めずらしいですね。体調、悪いんですか?」とか、由惟に心配されたものだが(実際、体調が悪く見えたのだろう。いささか腰を引きながらだったので)、このところはまったくのスルーである。というか、見てみないふり、というのか。

もちろん環としても、その方がありがたいが、……反面、いたたまれない気もする。

昼前になって、資料を受け取りに調査室に真城が立ちよった。

仕事の合間だろう。今の時間、VIPたちは観劇中だっただろうか。

「わざわざどうした？　メールで送ってもよかったんだが」

首をかしげた環に、真城が微笑む。

「いや、着替えにきたついでだよ。……それに、清家が高科に礼を伝えてくれと言っていたから」

「礼？」

「議員の。まあ、国沢に頼まれたんだろうけど」

ああ…、とうなずいてから、ハッとした。

「あ…、いや。その、まずいよな…。業務外のことにスタッフを使ってしまって。あいつもあわててたようだったから、つい」

思わず視線を漂わせてしまう。

「いや、別にいいよ。あそこには恩を売っとくと、あとで回収できることもあるし。ま、榎本に知れたらうるさい…、というか、いいネタにされるんだろうけどな」

肩をすくめて、あっさりと真城が言う。そして、耳元で小さく聞いてきた。

「あいつ、今日は休みだろう？　泊まってるの？」

「えっ？　あの…、そう…、まぁ……」

口元を押さえ、環は言葉を濁すようにして答える。

実際、まだベッドの中、だ。多分。

ゆうべはその、さんざん貪られたあげく、解放してもらえたのは明け方近くだった。むしろ、環の方がまだ寝かせてもらいたい。朝は環がかけた目覚ましにも反応せず、ぐーすか寝ていた男を、ベッドから蹴り落としてやろうかと思ったくらいだ。

「高科も眠そうだね。目がちょっと赤い」

「えっ？」

指摘され、思わず声がひっくり返ってしまう。

真城がクスクスと笑った。

「あんまり調子に乗らせると、あの男は大変だよ」

正直、遅すぎる忠告だった――。

◇　　◇

門真巽《たつみ》が「エスコート」を訪れたのは、昼の三時をまわったくらいだった。中途半端な時間だ。

オーナーである榎本としては、いきなり来られるのが問題なのではなく、セキュリティ上の問題で、できれば訪問の前には連絡を入れてほしい旨は伝えてあった。

が、この時はいきなり執務室へ現れ、さすがに目を丸くする。

「どうしたんですか？　ていうか、どうやってここまで上がって来たんです？」

榎本の生物学的に叔父であり、社会学的に恋人――になった男は、一応「関係者」として、「エスコート」の指紋や静脈などの認証キーに登録はしていた。

だが、高層階へ上がるエレベーターのパスワードは定期的に変わるのだ。事前に来訪の連絡があれば、それを伝えるか、あるいは榎本が迎えに下まで行くか、になっている。

「いや。ちょうど下で律くんに会ってね。一緒に上がらせてもらったんだ」

そんな言葉に、戸口から顔を出していた律がぺこっと頭を下げた。

「叱らないでやってくれよ？」

「いえ、別にそれはいいんですけど。……あ、でもＳＰはどうしたんです？　下で待たせてるんですか？」

先の組閣で国務大臣を拝命した巽には、ＳＰがつくようになった。そのため、各方面それぞれの利害が重なり合い、清家薫が門真大臣付の一人に抜擢されたのである。

そのため、巽が「エスコート」に来る時は、基本、清家がつくのが暗黙の了解だった。

だがその清家は、この十日ほど警護の別のセクションに駆り出され、門真付きにもどる前の休暇日になっているはずだったが。

「あぁ、それね。清家くん、今、たまたまエスコート《ここ》にいるみたいで」

「ここに？　たまたま？」

榎本はちょっと眉をよせる。

そういえば、昼過ぎに真城が一度帰ってきていたようだが、清家も同行したのだろうか？

真城は今日の夕方から京都行きなので、せっかくの休みだろうが、清家とは離れ離れである。つまりその間、清家は真城の部屋で淋しく布団を抱えて寝ることにしたのか。

「明日から私の警護にもどる予定だったそうだけど、今の時間から代わってくれるらしいよ」

どこかとぼけた様子で言った男に、そうなんですか、と榎本もとぼけたふりで返す。

さんざん使い倒されて気の毒に、とは思うが、まあ、巽がここに来るのなら、清家がついてくれる方がよけいなことに気をまわす必要がなくて楽だ。

「で、どうしたんです？　こんな中途半端な時間に」

「一つ、午後の約束がキャンセルになってね。夕方からまた人と会う約束があるんだけど、それまでここで休ませてもらおうかと思って」

だるそうに首をまわしながら、巽が言う。

「かまいませんよ。どうぞ」

ちらっと微笑んで、榎本は執務室の奥の扉を開いて、巽に示した。

「律ー！　しばらく部屋にもどってるから」

そして、大きく外の秘書室に声をかける。

半分開きっぱなしのドアの向こうから、はーい！　と軽やかな返事が届き、ちょうどドアの向こうに設置されたカウチソファに転がって本を読んでいた延清が、ちらっとこちらを見た。もっとも、さして興味なさげに、すぐに視線は本にもどす。

奥の扉から三つくらい部屋を抜けると、榎本の私室である。

あぁ…、と肩をまわした男の背中からスーツを脱がしてやると、巽がドサリと倒れるようにソファに腰を下ろした。

おいで、というように、ぽんぽん、と隣がたたかれて、榎本はうながされるままに横にすわる。

すると、巽は靴を脱ぎ、足を伸ばして、榎本の膝を枕に身体を横にした。

「仮眠、とらせてくれる？　三十分したら起こして」

手を伸ばして、指の甲でそっと榎本の頬に触れながら、巽が言った。

「いいですよ」

ちらっと時間をチェックして榎本はうなずくと、男の目を閉じさせるように、そっと手のひらをまぶたにおいた。

相当疲れているようだ。今までもかなり激務ではあったが、大臣職ともなればさらに輪をかけた状況だろうか。

「……まさか、いつも秘書にこんな寝顔を見せてるんじゃないでしょうね？」

優しく額を、髪を撫でながら、ちょっと思いついて問いただす。

「妬いてるの？」

目を閉じたまま、巽がクスクスと笑う。

「そうですよ」

きっぱりと答えてから、しっかりと釘を刺す。

「秘書にはこんなこと、させないでくださいね」

「膝枕はさせないけど、寝顔は見られてるだろうなあ…。移動中にうたた寝はしてしまうからね」

「今度、アイマスクをプレゼントしますから。仮眠する時は、それをつけててください。あ、蒸気が出るヤツとか、気持ちいいですよ？」

うん…、となかば夢うつつの声で巽が答える。

「いつでも…、会えるようになったんですから。いつでもここ、使ってくれていいですよ。今日みたいに少し休みたい時でも。……俺の顔を見たい時でも」

静かに、子守歌みたいに、榎本はつぶやく。

それに答えるように、巽の指が軽く榎本の指に絡んでくる。

「おやすみなさい」

身をかがめ、榎本はそっと寝息を立て始めた唇にキスを落とした――。

end.

あとがき

こんにちは。エスコート・シリーズ、前作の「ダミー」を出してからちょっとお待たせしてしまいましたが、ようやくお届けです。

こちらのお話は、タイトルからも想像できる通り、「フィフス」の後日談的なお話になっております。実は「フィフス」を書いた時、今回のお話を書き下ろしにする予定だったのですが、妙にうまく書けず。長らく棚上げになっていたのですが、何とか終わる前に形にせねばっ、と今回出させていただきました。ですので、ふだん私の本はシリーズでも途中から読んで特に問題がないお話が多いのですが、今回は「フィフス」を読まれてからの方がよいかもしれません。榎本《えのもと》と家族にまつわるエピソードですね。新たなライバルになるかも、な秘書さんとかも出てきておりますが、めずらしく（？）大きなドタバタもなく、しっとりとしたお話になっております。大人な二人の、少しずつ変化を始めたエピソードでしょうか。そして後半の「スペシャル」は、シリーズ全カプ集合のお話です。全8組！ですね。それぞれの日常（なのか？）な雰囲気をお楽しみいただければうれしいです。やっぱりエロ担当は真城《ましろ》さんたちかな。うっかりメガネ・エロ。なんと、ひさしぶりに清家《せいけ》が主導権をとってます。そしてめずらしくっ、延清《のぶきよ》たちもエロ担当。延清がだんだんと丸くなっている感じですね。そのへんもにやにやしながら見ていただければと思います。

本当に長くこちらのシリーズを続けさせていただきましたが、ずっとイラストをいただきました佐々木久美子《ささきくみこ》さんには、本当にありがとうございました！　いつもいつもご迷惑をおかけしてしまい、本当に申し訳ありません。それぞれのキャラがとてもかっこよく、魅力的で、毎回幸せでした。あっ、今回のイラストが少ないのは五千パーセント、私の責任です。本当にすみません…っ。そして編集さんには、相も変わらずですが……本当に毎回申し訳ありません。ど、どこかで何とか立て直したいと…っ。

そしてなにより、長々とここまでおつきあいいただきました皆様には、本当にありがとうございました。「エスコート」の雑誌掲載が二〇〇〇年でしたので、ちょうど十五年になります。とりあえず完結となりますが、またどこかで顔を出すかも？　ですね。ボディガードというのは、意外とどこへでも顔を出せるみたいです（今回も、某俳優さんと監督についてますしね）。またひょっこり見かけましたら、元気にやってるな、と思ってやってくださいませ。

それでは、また次の新しいお話でお会いできますように。ありがとうございました！

9月　　サンマに心を引かれつつ、カップ麺が二食続く秋…。しくり。

水壬楓子《みなみふうこ》

この本を読んでの
ご意見・ご感想を
お寄せ下さい。

〒151-0051
東京都渋谷区千駄ヶ谷4-9-7
(株)幻冬舎コミックス　リンクス編集部
「水壬《みなみ》楓子《ふうこ》先生」係／「佐々木《ささき》久美子《くみこ》先生」係

リンクス ロマンス

フィフティ

2015年9月30日　第1刷発行

著者……………水壬《みなみ》楓子《ふうこ》

発行人…………石原正康

発行元…………株式会社　幻冬舎コミックス
〒151-0051　東京都渋谷区千駄ヶ谷4-9-7
TEL 03-5411-6431（編集）

発売元…………株式会社　幻冬舎
〒151-0051　東京都渋谷区千駄ヶ谷4-9-7
TEL 03-5411-6222(営業)
振替00120-8-767643

印刷・製本所…共同印刷株式会社

検印廃止

ISBN978-4-344-83487-3 C0293
Printed in Japan

幻冬舎コミックスホームページ　http://www.gentosha-comics.net